幸福是个哑巴

崖渊 —— 著

人民东方出版传媒
东方出版社

目　录

万语

最后的小弥撒曲

穷尽我。普蕾若麻，向光的深处，停泊我

你将抓住我，或粉碎我

你将把我掷入命运，或回到我

你将使我坠落，或望着我

透明地，你将穿过我

蛙鸣

宇宙更深了

它深而冷，像一口井

偶尔传出两三声无畏的蛙鸣

人

穹顶之下

波涛暗自汹涌着

一个人咬住了鱼钩

却被卡在了天与地之间

放生

他终于
醒来

放生了
光线笼子里的
人间

空山

月光在冷凝成霜
一件袈裟挂在最古老的银钩月上

涅槃

我拿起一颗石头
扔进水池
在这寂静的宇宙里
那"扑通"的一声
就是涅槃的全部

3

牙齿

瓜田里，每一个西瓜都是一个无尽藏
每一颗瓜子上都坐着一尊佛
每一颗瓜子都是一个佛的微笑

看见佛的人在洗手前
看到万千细菌

我们把一千个佛的微笑吐在盘子里
然后露出牙齿

我们剔牙
用佛陀小小的肋骨

滚石

入世。如一块石头滚下悬崖
掉下来，落入圈套
掉得太快的人
会掉到自己的下面
掉得太慢的人
会被落在自己的上面

一个人要有多高的技巧
才能不偏不倚地
和自己重合?

满山嶙峋的石头也是人。真有趣
人也是石头，呼吸的
纯呼吸的石头

法器

我的肉身是一件法器
渡时间上岸

那茫茫的水告诉我
生命尽头在哪里
偶尔也会有靠岸的心
只是不知道
是谁在时间的苦海里摆渡

人死后
肉身无限大

法器无边
太初有道

海上僧

我们在流年里涌动着
一块石头远比我们要根深蒂固

海边的石头
是大海的僧人
他们静坐于浪澜之中
听着潮声
他们中好多已经成佛

山崖上
一颗石头坠落
坠向万丈的空寂

路

渡河的我们从上游走来
踩过那些古老的石头
再回首
便看透了他们
水落石出的一生

尘土

尘土落在了我身上
就变成了我的僧袍

最终，我也会和我的僧袍一样
成为这世上的尘土

干渴

走进自己的阴影的迷宫
干渴的
落网的鱼

物自体融化
时间是水

水通过我们的肉身渗透下去
浸湿世界干渴的根部

悬崖

直到在万物的轮回里走着
撞见了归来的自己

才知道

原来

你不是你

我也不是我

一个植物人化身为石头

坐在悬崖

他把这宇宙都看透了

却始终叫不出它的名字

把一颗石头投到井下

把一颗石头投到井下

对于井底的青蛙来讲

那是一位世外高人的话语

对于一只水虫来讲

那是一次海啸

对于一颗石头来讲

那是高山流水的断弦

可对我来讲

那就只是把一颗石头投到井下

停泊

你的泪光凝结

不断聚合在坠下来的月光里

你用呜呜然的哭泣丈量

我们之间永不可及的距离

一颗心熄灭。起舞

命运

你飞落

轻如

羽

温柔地，水雾升起

弥漫。寂静

你的心

如船锚

沉入我心

耳朵

有人的耳朵在贝壳里听见
在夜半捡拾贝壳的我
拾起了万千耳朵

大海是个话痨
说了几亿年废话
我忘了最开始的那句话
也不知道最终的那句话

秋蝉

我是清露
我是泪水
我从秋蝉的薄翼上褪下
坠落
与世间的万千露水
融为一颗

秋蝉在树林里叫起来
我们仍旧不知道这个世界的名字
这个世界却早已被蜕去了

圆满

满月的那一夜

老僧在无边的沉寂里悄然圆满

来问佛法的人登上空山

老松的枯枝向他指了指月亮的方向

千年来

有多少路过此星辰的浪客

都举头望望那轮如此圆满的明月

然后羞愧难当地低下头

猛然发觉自己不止追逐的一生

不过是一条追着自己尾巴转圈的蛇

留白

在这个名曰宇宙的大作里

我只以狂风旋驰卷地走的气势

署下了我的大名

剩下的整个宇宙无边无际的孤独

都是留白

疼痛颂

世界拆开它的绷带

我活在一个新鲜的伤口上

众生堕落

所有的手都在坠落

坠向疼痛的

深处

世界张开它巨大的手

在血泊里

无限温柔地托起

一切堕落

水雾

你把羽箭准确无误地对准一颗心

的里面　的一颗心

的里面　的一颗心

的里面　的一颗心

你望着镜子里的雾

围绕着　镜子

里的雾　围绕着　镜子
里的雾　围绕着　镜子
里的雾　围绕着　镜子

逃离

时空无限，而
你无法逃离
月光流泻
用孤独丈量宇宙的尺寸
摆动你白色的翅膀
你起舞
而我的眼睛
是小小的笼子

裂缝

一束光
另一束光
又一束光
很多束光
可能还有更多束光

白卷

我在你的悬崖下抛锚

你的膝盖是露出水的石头

夜夜潮汐

洗白我的骨头

月光燃尽

你冰冷的身躯

化作石头

化作水

抹掉我

让我对这个世界交出白卷

光

色相崩断

辉芒下

运动与静止的

时间的肉体

时间的累累伤痕

是我们

光
在眼睛的万花筒里聚合
运动与静止

星星可能逃走
撞成碎片

旋转在万花筒里
成为灵魂
搅拌机

乌鸦

天空的僧侣
哑哑地叫

在光芒的背面
披着黑暗的袈裟跳出第二空间

尘埃上升
透镜沉沦

在天空的的洁白中
它用"飞"割出一道黑色的伤口

透镜

所有的透镜
把光
聚合在浮世的
太初

光滑平面
的边缘

堕落
到达
永恒。一

在生命中第一次
睁开
眼。刺眼的

彼岸

黑蛾

黑夜，黑色的飞蛾
向火里
做黑洞运动
灵魂还没有熟识它的肉体
灰烬，如
船锚
沉入升起的月光

夜里吞下自己的鱼钩
白洞

捞月

那垂于水中的
是霜雪，是月
还是一位女子的白发？
一个叫李白的浪子
撩起水里的千尺白发
遥想一世蹉跎
一个人直到地老
直到天荒

月亮还会一起孤独吗？

据传说
李白没有死在那个寂寞的夜里
他只是捞上来了一轮隔世的水月

后来，每到月圆的夜里
后人总会提起一个捞月亮的疯子
说他的白骨化作了大海的胸针

灯

远山
一个个人提着灯
向黑夜的深处走去
他们走得深了
更深了
就只见到
在黑夜的远端
那一盏盏灯
提着人

黄昏

黄昏如水
将死的鸟散发出微弱的光

黄昏万里
被江山蜕下来
像一个蝉蜕

黄昏照着的我
越来越像我的遗像

孤独

地上有七千滴露水
天上有七千颗繁星
一只蚂蚁
沿着竹竿向上爬去
一步一步地
计算着它们之间的距离

石头

一万年后
我也会变成一块石头吗?

在空山
我看到万千奇奇怪怪不被理解的石头
像是好多孤寂的心
在无力地陈列着

我看到在石头上朝着黄昏行走的肉体
想着它们的未来

强烈的光照透了它们
还有它们小小的肋骨

秋蝉

残月冷冷的
像一把弯刀悬于头上

枯树上有一只秋蝉
垂绥饮清露
它一边喝一边数

喝到第几口

忽然想起前世

流下泪来

秋蝉站在枯树的刀锋上

流响如霜

它的前世今生

被尘世高高的月光照得透亮

打捞

傍晚，小和尚背上竹筐

去打捞阳光

万物都散发着光芒

从斜阳到萤火

从虫鱼到草木

每一个石头都被内部的光打得透亮

只有古树隐藏起来根部的光辉

小和尚到处捞

到处捞

哪里都是光

幸福是个哑巴

筐筐都是光

他向草丛与树林里捞

向光芒无限聚合的水里捞

向空中捞

一筐筐都是满满的

满满的空

圆圈

在一张白纸上

我画了一个圆圈

那是我的黑洞

我盯着它

等待着周围的东西被吸进去

我盯着

盯着

我想，要是我不能让它把一件东西

哪怕一件东西吸进去

那我这辈子可就真算是完了

我盯着，盯着

一年

十年

猛然地，我惊觉整个世界

已被这圆圈吸进去

连带上我自己

无休止地轮回着

出不来了

镜子

本想在一面镜子里偷生

自惜其清

自惜其空明

可镜子却不休地

破碎

想回归成最初的沙子

黄昏

一只乌鸦与另一只乌鸦肩并肩地

站在树枝上

它们之间的缝隙里

流过了黄昏

万里的暮色

在世界的碗里

满溢

世界的碗

等待着

施舍

对视

在与一块石头海枯石烂的对视里

彼此相认

望着隔世的烟水

终于明白了在无边沧浪的裹挟里

一颗石头安身立命的真相

大雪纷飞起来了

我们向雪里走

我们的身子越埋越深

那么多奇形怪状的或柔软或坚硬的

藏身于雪

当大雪皑皑

漫过了一颗石头的一生

悬浮

你听，那是幼蝉在咿呀学语
它们要爱到孤独失去言语
万物何其天真

有时候真羡慕树蝉啊
战栗中猛然涅槃

我什么时候才能爬出躯体
丢下蝉蜕

然后悬浮在空中
天荒地老

生命是爱与死亡
我的爱在死亡里悬浮
我的死亡在爱里悬浮

石头

真理浮现，一块石头露出
水面，极慢

露出水面的石头，必须
高于自己，同时
又是它自己

浮生。渡水，隔着薄雾
踮着猫的脚步

茫茫的水里露出一块石头
一句诗

要写成一首诗
我还需要更多块石头

凡人歌

名利乃浮云，浮云太美丽
地位乃浮云，浮云太美丽
金钱乃浮云，浮云太美丽
美貌乃浮云，浮云太美丽

江边人说，渡船可以
但别用上一生

夜雨

暴雨倾盆，滂沱地疾扫世间
野森林黑莽莽中，萧瑟着抵抗着狂风
在夜雨的鞭子下，蚁穴千疮百孔般破碎
泥泞的湿土上，蚂蚁在搬家
艰难地扛起枯叶，喘息着伛偻前行

天庭里，雷电准备审判
那些非法入境的蚂蚁
震耳的数声枪响后
江枫的血流下残桠
江流里偷渡的鬼鱼忐忑地颤抖
在死刑与噩梦的边缘摸索着游

而我竟然躲在坚固高楼的
屋顶之下，藏身于温暖
我不禁为生而为人
感到愧疚

在最后的天空之后

在荒莽的大沙漠以西
是天空的尽头

幸福是个哑巴

风在吹
风在吹

一代人来，一代人走
走向大沙漠
在低吼的西风里找寻
一片新的天空

大沙漠以西
没有天空
只有栖在水边的飞鸟
只有众生流下的
一望无际的苍茫的泪水
我愿化作一条鱼
给他们我一世的颠沛流离

风在吹
风在吹

天堂无处可逃
世间有真光
照亮看得见它的人

也照亮看不见它的人
正如天地有大爱
给义人
也给不义的人

多少年后
八十亿瞎子手牵着手
在风雨里蹒跚地爬上悬崖
人间在暴雨里飘摇
浮沉于孤独汹涌的波涛
八十亿声叹息里
天地苍茫
八十亿滴泪水淹没监狱
八十亿双手连成荒岛
八十亿声天问
叩击天堂的窄门

在窄门前深不见底的深渊里
究竟埋葬了多少遗骸
在窄门前的无边黑暗里
更有谁曾真正得到灭度
每一次呼吸之间
多少次折腰就这样

痛击破裂的宇宙

人子，请将我化作一束光
让我钻进人心的裂缝
让我保佑瞎掉双眼的众生
在从漆黑的人世走上天堂时
永不再踩空

天问

八万五千七百二十一声天问
响彻云霄后
我在遥远的星辰上
努力搜集着迢迢奔赴而来的
如此微弱的电磁波
如听见无边荒漠里的声声鲸啸
莫名其妙

万语

有没有一阕短曲
能终结我的千言万语？

一千年，七千年
有没有这样的一首歌
在我心里？

山外回音
到无边的岁月
无边的你

我对这个尘世感兴趣的那部分

显然，爱一头野兽
比爱一个人要容易得多

我要感谢尘世
它总还是留给了我能爱的东西

相比重新知道如何去爱一个人
我更想知道
在一片挤满枯荷竿的池塘
一只红蜻蜓
究竟怎样巧妙地度过一生

生息

我们用等待的时光
抹去灰尘与蛛网

藤条从荒废的炮管上长起来
在风里生生不息
在雨里生生不息

凶猛地，凶猛地
所有的罪孽被藤条穿破

所有的死于非命
张开嘴
所有的死于非命
睁开眼睛

一万年后
有人迷路于挂满藤条的大森林

它们一年一圈
它们呼吸不休

面包

生命是不是我们唯一的避难所
彼岸被时空折叠

原罪无边
光芒
是无辜的

上帝碾碎了面包
一片片
倾斜切开的时空切片

人间世

生一杯，死一杯
兴一杯，亡一杯
夕阳一杯，山一杯
你用一百个太阳的升起与降落
荡漾这人间世

生一杯，死一杯
把那只飞过千山的水鸥灌醉
不让他看见自己的白发

幸福是个哑巴

生一杯，死一杯
灌醉这附耳偷听的
夕阳山外山
不知道这群伸长脖子张望的小山
裹得住多少秘密
你在夕阳里渐渐柔软
问我浮萍的逻辑

那些漂来漂去的浮萍是那么无辜
那些红雨里的蜻蜓是那么无辜
那些江边的一捆捆青草是那么无辜
那些死不瞑目的鱼是多么无辜
那些惹人心疼的稻草人多么无辜
那些空中飞过的飞鸟是多么无辜

万物看起来都那么无辜
让我不忍心活在世上
连累斜阳里那些相望的鱼鸟

给你
野蚱蜢甩动的灿烂焰跳跃
三百颗流星熠熠掠过

那些是什么是什么是什么

我问，那是全部的流星吗

你说，这是流星雨啊

我抓一把星星给你

还有很多很多星星纷纷摇晃着坠落

多得无法数清

每一颗星

都是我一夜的孤寂

我抓了一把孤寂给你

此外，我还有成千上万夜的孤寂

多得无法数清

斜阳里

我趁着暮色

一个人走进乱山之中

要知道在这乱山里

重蹈覆辙是多么容易

无边无际的光

不是大海

是众生浩浩荡荡的泪水折射出

35

幸福是个哑巴

摇摇欲堕的暮色

斜阳之下
一个人究竟要拿出怎样的虔诚
才能听懂绝壁
听懂飞鸟
听懂苍天对江湖的叫喊
听懂太轻的生命
听懂孤独、苍茫与宿命

夕阳里，千山暧昧
我小心翼翼地偷走一座小山
不惊扰沉沉暝色里亘古轮回着的众山
我站在这苍莽山河的无边红色里
多像一个无地自容的污点

我多像一把蛟尾矛
突兀地挺立于世间
在天地之间无边的苍凉里
找不到藏身的地方

而世界仍以疼痛爱我
以斜阳里的潇潇雨爱我

以陈旧的人世爱我

这时候我浑身湿透

但一言不发

我以这残破的世界爱你

那些拒绝清晨与白日的残阳

最终到底为了什么选择傍晚

毫不抵抗地由黑暗吞噬掉

那些拒绝扎根的残荷

最终到底为了什么用尽一身的力气

义无反顾地撞进漂泊与无常

那些拒绝照耀的残鸦

最终到底为了什么俯下身

心甘情愿地滚进这无边无际的红尘

那些一无所有的残生

最终到底为了什么把自己埋在角落

不知疲倦地数大海的水滴

残阳，残荷，残生
人世多像为残缺而写的一部传记

而我，是以这满池呆立的残荷爱你
是以被大雁衔走一半的残阳爱你
是以硝烟炮火里的废墟爱你
以逐渐枯竭的河流爱你
以缓缓消失的绿洲爱你
以那些招人讨厌的乌鸦爱你

我以这残破的世界爱你
我是多么羞于提及

在天上月与水中月之间
你是我寻找的疼痛
正如月亮是夜晚的伤口

在天上月与水中月之间
在你与我之间
战栗的月光如潮水汹涌
充满冰冷的人间
涌入我早已破裂的胸膛

而月亮照亮了我
正如月亮照亮了它自己的伤口

一千个月亮在水里
它们说摇荡摇荡

一千个月亮在天上
它们说荒凉荒凉

一弯月亮被泪水融化
一颗心在另一颗心上激荡
一个月亮与另一个月亮相望
这时满天的月光如雨
而爱在滚烫的雨滴里燃烧

究竟最终是怎样的借口
能使那如水的月光猛然生长

究竟在怎样柔软的月光的河流之上
冰冷的你才会乘舟而来

成全

那些化为灰烬的誓言
多像对大海的一种成全

那些再无影踪的鸿雁
多像对苍天的一种成全

那些奋不顾身的跳入
多像对熊熊火焰的一种成全

那些为你流下的泪水
多像对这满天月色的一种成全

那些水里月亮的粉身碎骨
多像对潮水的一种成全

那弯带泪的残缺的月牙
多像对孤独离人的一种成全

那如哀愁的月光洒下如微雨
多像对单恋的一种成全

而我任凭月亮从我身上碾过的疼痛

多像对你刀锋的一种成全

我今生是多么幸运
得到了苍天这无可救药的成全

江湖
一条鱼与一条鱼
不是一场苟且的偷情

一条鱼与一条鱼
也不是一场苟且的相忘

直到我爱上你
我坐在一棵榕树上
看月亮爬上去

你坐在苍凉的月光里
看世界坠落

月光从不如秋水一般动荡
直到我爱上你

幸福是个哑巴

我从不在这样深的月光里潜游
直到我爱上你

你无处不在
你在每一滴如雨的月光里

而我是挂满一万滴泪珠的苍穹
是挣脱一千条枷锁的爱
把月亮一声声地喊下来

我愿这一切都是假的
只要你是真实的

我想紧紧地抓住你
就像我从未知道
而刚刚发现一样地对你说
"一生太短了。"

走来

当漏雨淋湿了成住坏空
你又不幸地被我想起

42

忘了告诉你

我不相信幸福

你听麦浪呼啸

正大口大口吃着秋风

吞下秋风下的星群袒露的所有

岁月会在爱的面前吞吞吐吐

所有的破绽苍白

所有咯嚓声里的动荡窒息

所有的你姗姗来迟

夜雨已在你咬破青苹果前

埋伏了所有的苦涩

只等你在潮汐声里颤抖

踏上破碎而泥泞的路

要知道

辜负一场大地八百里的宽容

多么容易

把一颗麦子里奢侈的月光

还给苍天诸神

把穿过萧瑟流年的风尘

留给自己

幸福是个哑巴

连夏雨里孤独的蟋蟀

都会为一种凝视

淌出泪水

夕阳下的干草垛

也会为一句爱

狂舞般燃烧起来

穿过斑驳荒凉的爱

穿过苍藤交叠纠缠的岁月

穿过七万株麦子提心吊胆的摇晃

你走来

在你所携带的光的强度里

我爱你

在你所携带的光的强度里

有一种一样使我感到幸福

折射时光的雨滴在薄暮里被密云筛下

所有活着的万物都散发着光芒

那些衰老的水牛

那些凋零的玫瑰

那些枯萎的太阳

那些荒凉的藤蔓

彷徨里一样散发出微弱的光

如薄暮，如泪

如薄暮的血滴到斜阳枯瘪

那些死掉的水牛

那些死掉的狼

那些死掉的蚊子

那些不遮一物的尸体

是否也一样散发出微弱的光

那些胎死腹中的婴儿

那些核辐射里的畸形鱼

那些从没能破土而出的种子

是否也一样肩披一层金黄色薄薄的怅惘

热带千百场暴雨过后

一切繁华的漆彩混入浊流

一切石柱面容模糊

神灵和魔鬼的面孔变得一模一样

痛哭和狂笑的面孔变得一模一样

迷醉与醒悟的面孔变得一模一样

活着和死去的面孔变得一模一样

爱与被爱的面孔变得一模一样

我与你的面孔变得一模一样

溅满血渍的夕阳无限

又给所有石柱披上沉重的光辉

一模一样的薄暮下辉煌

一模一样的黑夜里幻灭

一模一样的赤裸

一模一样的雨雪风霜

在你斜阳辉煌的沉暮

在你斜阳辉煌的沉暮

我的爱如此静谧

如一滴水

折射出坚硬的苦涩

在你斜阳辉煌的沉暮

我的爱如此静谧

如一棵守口如瓶的树

在阵阵猛风吹来时

默默忍受

忍不住咯嚓作响

在你斜阳辉煌的沉暮

我的爱如此静谧

如一棵战栗的荷

在凶风恶雨里为你站起来

在你斜阳辉煌的沉暮

我的爱如此静谧

如萧瑟斑驳的时光里的一朵云

随飞鸟在天上摇晃着来去

永远不伤害任何人

李白鱼

有一种叫李白的鱼

夜里朝月亮的银辉追寻

古代的诗人们化身渔翁

向上张开渔网

捕下发情的月亮

向下便轻松捞起无尽绝的

自投网罗的李白鱼

他们说

那些朝月亮游的鱼
是最有诗意的

那些猴子们相信春天

连那些白来一趟没找到香蕉的猴子
都相信
那些浑身缠满输液管的植物人
会和那些遍体绕满藤条的树一样
生机盎然
会和那些遍体绕满藤条的树一样
满含泪水地深深扎根于泥土
顶天立地
质问天上的事

可我为什么不去变成一棵树

我想成为任何一种生物
当然除了人类
不知道为什么而搁浅的蓝鲸
在池塘上苦苦寻觅着什么的蜻蜓
或者，扎上满身苹果的刺猬
管它是什么

只要不是人类就好

而只有树是那样简单
它们用枝干怀抱踉跄的雨水
它们用萧瑟的树叶颤抖地唱歌
在苍茫的暮色里收容那些飞累的鸟

它们便是被秘密击中也从来守口如瓶
它们操控斑驳的阳光把玩世界
它们总是垂下湿润而绿色的枝条
可它们从不流泪
也从不伤害任何人

多么简单，多么静穆
成为一棵树是多么幸福
可我为什么不去变成一棵树呢
因为树不能为你哭泣
也不能呜咽地向你说我爱你

而我

有一个流泪的人冷冰冰地
坐在一块冷冰冰的石头上

幸福是个哑巴

我可能是那个流泪的家伙

当然我也可能是那块冰冷的石头

云路

生命，是一种捆绑的艺术

当然是自己绑自己

灯红酒绿里的人

一个比一个绑得花哨

"还去求什么解脱？"

千年前挂着禅杖的禅师捧腹大笑

笑到口喷鲜血

喷出的鲜血化作一朵荷花

后来千年间

无数人去找禅宗解开绳子

无奈荷花成云

早已不见路

静坐

我坐在那道没有名字的墙边

凝望流光的斑驳

观望苍生疲劳过度的生生死死

今天

一万声乌啼叫断落日

雨来了

风来了

尘埃落在我身上

便成为我的一部分

我一动不动地静默等着

等着脚下那些爬山虎和藤蔓

爬上身来

骰子

上帝不掷骰子

上帝就是骰子

他被掷了

但还没有落地

它下坠

下坠

下坠

无休止地
下坠着

它不落地
没人能看透
我们的命运

一棵会唱情歌的榕树

作为一棵榕树
我没有什么跟你讲
只有颤抖着将你冰冷的残缺抱紧
我把所有陆离的幸福与疼痛
系上你垂下的枝条
也把我的残生
系在你的枝条上永远荡来荡去
因此我绝不允许
那些他人的根枝缠绕着你抓住你
因此我也绝不允许
你脚下泥泞的红土占有你
我情愿选择在一世的摇来荡去里
为你唱完一首绝世的歌

就像世界对我唱的那一首

一样

你看啊

这世间的黑暗情愿吞噬我

这世间的刀斧情愿劈向我

这世间的昆虫情愿撕咬我

所以我情愿

我情愿泪水汪汪地伫立

听完这世界的情歌

我终生不能化作我爱的人

终生不能化作风

听懂风的挽歌

终生不能化作雨

听懂雨的叮咛

终生不能化作一棵萧瑟的树

听懂树的哭泣

终生不能化作一只夏雨里摇摆的蝉
听懂蝉在激昂歌唱着什么

终生不能化作一头亚洲象
听懂亚洲象的仰天低吼

终生不能化作一头恐鳄
听懂恐鳄的无端愁苦

终生甚至不能化作一只埃博拉病毒
听懂埃博拉病毒的坚强

我只是可怜的人类
听不懂万物语

也却终生听不懂佛祖的教导
终生听不懂众生

终生不能化作我爱的人
听懂那人类语言的善意欺骗

我不知道要有多少泪水

世间因为霸权的存在而肮脏不堪
为那些无辜的黎民流下泪水后
世界变得越来越清新
为飞越大海的鸽子们流下泪水后
世界变得越来越清新

所有试图抹掉肮脏的抹布
终生肮脏

我朝向大海的方向
听着遥远的波涛
我不知道要有多少泪水
才能涌成无边的大海
我不知道要有多少泪水
才能洗净肮脏的抹布
我不知道要有多少泪水
才能擦掉整个世界的肮脏

救世云

愿人将活得像人
万物回归本真

以战火为蜡烛
许下夙愿

我不知道自己在说什么

万物生生死死
世界在冷月下的一声狼嗥里
丰盈起来

这一次，我愿忘记
在渺远的宇宙
我的故乡

骷髅在微笑

骷髅的泪眼结冰

荧惑遥遥照着荒原
不可理喻的
人间虚妄

风吹起来了
这一次我会爱你多久呢

我是说
假如苍天不死

悟道颂

我怀疑我来到了
释迦牟尼倚过的那棵树下

草木在苍凉的命运间萧瑟
喧嚣中有大沉静
蝉鸣满天都是最直白的生命
这世间不需要有宗教
也不需要有信仰

我从那些树上找到
一只蝉，两只蝉
四五六七只蝉，许多蝉
可能还有更多的蝉

不问那宇宙最终极的幸福
不问悟道与解脱
叫成佛成魔都见鬼去吧

连我的名字和语言
都可以一并忘掉

像只蝉一样去过
一无所问，一无所知
一无所有的一天天

如此而已

在那遥远的地方
恒河水在浩瀚的海洋
遇到远道而来的长江水
它们会各自喧哗
激起骇浪
我们终将水乳交融
而你的爱成为我的爱
如此而已

哑巴

在一个极简主义者的宇宙里
我与一颗不语的石头对峙

我用尽一切办法
都没能使它张开嘴巴

于是我从我满是风声的胸膛
掏出满天星光

从此我在人间无话可说
我的余生成为哑巴

我一个人来到魔鬼城

我一个人来到夜色里的魔鬼城
这里曾经是人吃人的地方
满地都是岩石
满地覆盖着冰霜
鸟灭虫亡
星辰彼此沉默
所有的天问都没有答案
所有的存在都是荒诞
所有的逻辑都不成立
所有的路都是彷徨

恍惚中

我们与真正的宇宙相认

终将笑场

活着

活着，就是用善良的血喂饱蚊子

就是用冰霜下的悲歌歌唱盛世

就是用一只酒盏捉住月亮

就是不打伞穿过倾盆的暴雨

活着，就是我爱你

就是束手无策

活着，就是披着阳光

就是爱上自己的丑陋的影子

就是想知道前世曾如何作恶多端

就是拥抱整个地狱

就是目送每一只乌鸦飞去

活着，就是在狂风吹来的时候颤抖

就是被西风穿透，战栗着哭泣

就是听见夏夜的凉风

就是听见蠢蠢欲动的微风

活着，就是听见你轻轻的呼吸

万语 ◀

你看那些星星

某年某月某日
我心如止水

你看那些星星
无法呼吸

我们和草树，和星星
一同存在

你什么都别说了
我的泪不再如止水

纠结

人与人的语言刺不破
无法逃避的孤独
夜里的狼嗥永远无法准确表露
爱的忧伤

在大漠戈壁的月亮下
遇到了一只可爱的雌性小狼崽
从此在选择来生做一头禽兽

61

还是做一个人的问题上

格外纠结

路上悟

不要问我是谁，我在哪里

八方皆墓地

众生都在死去

正如众生都是石头

没有一座山峰

能听懂我的叫吠

佛祖保佑我鄙视的一切

好好地活

我要多拿一世的悲伤

请教白痴

我只是在故弄玄虚

沙漠上胡杨在命运的低吼里

拼命燃烧如星河的烈焰

长风去何方
何须多问
呼啸的长风永去远方

明晃晃的银光说着"如是我闻"
阿难，我在哪，我存在吗
请你把我照出来吧
你说那是月光如水啊
你又说跳动着鱼骨头啊

阿难，那是不复有男女
不复有贵贱
不复有波澜的
一瓢水吗

如果那是水
它流向何方

如果那是月
它流浪向何方

月不在水里
月亦不在天上

幸福是个哑巴

月亦非不在水里
亦非不在天上

够了，够了
能听懂的人早已懂得
作为宇宙的真谛
能听懂的人不用对他说

幸福是个哑巴
在浩瀚宇宙中某个角落里
确知你还活着

雨下起来了
你看那最卑贱的燕子飞了回来
在荒凉的人世
泪水流进干裂的嘴唇
那盛满汹涌波涛的头盖骨上
长出了花骨朵

每一粒鸟屎都是舍利子

幸福是个哑巴

架势

那些流星生下来
就是要呼啸着掠过长空

那些火焰生下来
就是要给黑夜切肤的疼痛

那些悲伤生下来
就是要覆盖落魄的游子

那些爱生下来
就是要覆水难收

那些荒谬生下来
就是要扳倒整个宇宙

那些人生下来
就是要用疼痛证明自己活着

那些鱼生下来就瞪着眼
带着一副求死的架势

致善良的玫瑰小姐

如果走不动了，那时候暮色沉重
阳光像雨滴潇潇洒落
我跌跌撞撞，终于从流离里脱身
埋骨在七万里暮色的孤独里

我想你，想和你一起堕落
可是善良的人，还请替我流浪到西班牙
请帮我守候西班牙从南海岸数
第一百一十七棵石榴树
她所说的那无足轻重的一生
请帮我去爱
她刚睡醒时乱蓬蓬的头发

请帮我去问问阿尔罕布拉宫里
那把被久久藏匿的老吉他
是否裙上石榴带雨红
是否多情自古徒伤悲

那时我就不再写了

那就让我等待吧
等你不再冰冷

等你害怕枯萎与凋谢
等你被那些忽然飞来的秘密击中
然后不知所措
等你静静地听我忧伤的呼吸
等你的头发被雨水打湿
等你爱上
那些藤条般荡来荡去的生命

不写了，那时我就不再写了
等枯桑知天风
等海水枯竭
等那些石头变得柔软
等你流下泪来
我就再也不写了

那时我或许在沉思
怎样对一只快死掉的雪梨
做一次人工呼吸

陶器

也许是因为隔生有恨吧
在一堆烧好的陶器中

总有一两只用残缺亮出自己的立场

凝视着一个残缺的陶器
我只在想它为什么不再碎下去
它到底碎到哪种限度
才能叫作粉身碎骨

干草垛
你说是徒劳
是你说的究竟是徒劳

那你到底押上了什么

众生卑贱
下雨了

可是干草垛，你怎么又
兀自燃烧起来

我还学你的样子
把厚厚的泥巴涂在脸上
让人看不见我的悲伤

白云

老僧坐在一棵枯树下
枯树在鬼龙曾栖过的古寺里
古寺在了无行迹的深山里
深山里，时间爬得很慢
老僧把一朵朵白云藏进钟表

青稞

我爱，你可已忘了
曾无辜地被插入泥土的疼痛

我爱，你可已习惯了
被镰刀收割

月光下，一茬又一茬的苦青稞
起起伏伏的苍生悲叹

可我，还在尘世苟延残喘
所愿只不过是
被人世的尖锐重重击中

老墙

寺墙苍裂爬满巨藤

寺墙下流浪着几只行乞的老鼠

富丽堂皇的盛世之下

乞讨的岂止是人

跌跌宕宕的尘世

请给我一个扶手

不要让你在被我触碰时破碎

垂钓

万籁俱寂的时候

西风屏住呼吸

月亮早在天上垂钓

钓一个迷宫里的浪子

何方

倾盆的夜雨浇头而至

那些从天空跳下的雨滴

不知是坠落

还是飞翔

在最后的地狱穿透之后
你们坠向何方

在最后的天堂落空之后
你们飞向何方

大江东去

大江东去
卷起千堆雪
过去，现在，将来
哪里有呢
我生，我死，我爱
分不出来

白帆如鸟
风吹起

不忍

到白云深处修什么行
清什么心寡什么欲
我决不在雷雨里沉静如死

71

决不在污泥里挺成高傲如雪的莲花
也决不拿掸尘打去我满心的肮脏
在尘埃吹满的人世里
不忍心独自洁白

志愿清单

我要失去双腿
失去双臂
然后瞎掉双眼
刺破耳朵
割掉笨拙的舌头
我要成为这宇宙最愚蠢的泥土
从此在无尽的岁月里
独自沉默

参透

那些苦行僧从不知道
清泉叮咚流泻和雨滴打击树叶的声音
是一本无字的佛经

那些苦行僧只知道打坐，念经

72

他们也不知道

在每一声池塘忽然响起的蛙鸣里

有多少愚蠢在等着他们参透

那本佛经在说

对这本佛经不知所云的我

还不如一只一无所知的蚂蚁

还不如一只一无所有的蚂蚁

我好想背上一片大叶子

模仿蚂蚁的样子在雨里爬行

像那只蚂蚁一样

参透

更大的愚蠢

草啸

对于蚂蚁，麦秆

就是树

草在呼啸着

微吟对它来讲就是呼啸

它还总叫着

狂风，那我们一起去摇晃世界

树

在萧瑟的树上飞来了一只鸟
后来，有一天那只鸟飞去了远方
那萧瑟的高树上就没有了鸟

大慈悲

漫天那么多星辰
没有一颗星星能收容你

层楼那么多藏书
没有一句箴言能给你解脱

人世间那么多摆渡人
没有一个舵手能为你摆渡

没有什么来解救你
没有什么来解救我
也没有什么来解救众生
只有风
只有雨
只有萧瑟
这就是佛祖的慈悲啊

泪流不止的哭泣者
你可晓得

救赎

他们端着枪
他们叫我举起双臂
他们说
这是上帝对我的救赎

我举起一把枪
瞄准天堂
我说
这是我对上帝的救赎

来生

作为沙漠里的蜈蚣和蝎子
要怎样才能承受得起
一望无际的荒芜

如果来生可以选择
来世我宁愿去做一只红蚂蚁

幸福是个哑巴

和如潮水涌来的蚁群一起
在一个月黑风高的夜晚
潜入枯树下的泥土
扯一扯孤独的根基

重逢

把一颗灌满血液的心脏
送入火葬场
燃烧上千万年
千万年后它将成为
火烧岩
有一天它将碰触
你冰冷的脚尖

归宿

我仰望未倾洒的混杂已泼洒的鲜血的尖叫
炮火是霸权主义的轰炸机
夜是民粹主义满天的黑天鹅
白色是黑眼珠里的恐惧
眼泪是天使拿不开的苦酒
我想他们都是一样的

76

他们终将升入天空

我俯视暴雨里的蝼蚁
流离颠沛的是偷渡的生民
逃亡的是政治犯和战犯
凝视繁华的凄凉是玫瑰宫
迸溅的鲜血是负痛的根
我想他们都是一样的
他们终将沉入泥土

我闭上眼
我梦到天空和泥土
我想它们都是一样的
因为它们终将坠入轮回

死后

天堂里众生平等
每个人种一样的云
收割一样的云
点燃一样的夕阳取暖
天堂里没有婆罗门、刹帝利
没有吠舍、首陀罗和贱民

没有白种人与黑人

没有盎格鲁—撒克逊

没有霸权，没有帝国

没有特权，没有炫富

没有剥削压迫

没有不平等

地狱却有地下一层，二层

三层，四层，五层，六层

一直到地下十八层

一层有一层的高贵

一层有一层的地位

恒河里，密西西比河里，黄河里

那些混在泥沙里发光的金子

死后可要想好往哪去

站起来是为了看尽

天神不仁

以苍生为刍狗

他躺在火烧云上

从来不会走下金光灿烂的云霞

看一眼俗世

从来也没人把他打下来

关进地狱

而不息吼着悲歌的无辜的人们

在枪林弹雨里靶子般挺立

像枯荷在凶风恶雨里

不知道为了什么站起来

而里约热内卢那流着鲜血的人子之所以

站在群山之巅

不是为了高贵与伟大

不是为了受众生仰望

而是为了看尽这世间鲜血淌成的河流的

愤恨汹涌

为了看尽这世间难民被地雷炸烂的

疼痛悲哀

为了看尽这世间所有山川的

永

不

能

平

爱

暴雨倾盆

一滴雨

巧妙地避开了死难者的眼眶

落在她的鼻子上

柔和地滑下

流入她干裂的嘴唇

人类不知道的几件事

没有人知道

我到底是被流放到人间

还是来人间踢馆的

是是是，非非非

是非是，非是非

是是非，非非是

非是是，是非非

是耶？非耶？

非是耶？非非耶？

非非是耶？非非非耶？

佛曰

非也！

我是背着我所有的余生来看你

我用乱世里的苟活撕开了黑夜

我用臂弯怀抱千里江水

我用苍茫阵阵撞击我的胸膛

我等待那些恍惚的阳光太久了

我等待人世的刀锋太久了

我是提着所有的荆棘与刀锋去看你

我是带上所有的诅咒与恍惚的阳光去看你

我是背着我所有的余生去看你

我是拖着被雨淋湿的千里暮色去看你

我怀揣着一颗手榴弹来

自然还是爱你的

为了忘记你

萧萧易水前的白袍已如雪

马嵬坡上的雷声已轰轰

河梁路上百战名裂的将军已白发

为了忘记你，我一夜间

穿过了三千公里的星群河山

我一口气甩掉了

身后的信誓旦旦的一江水

苍凉的宿命里
一条大河的忽然转弯是如此危险
一座小山的孤独是如此突兀

我已翻越了万水千山
可我忘不了的
绝不仅仅只是一生

小偷

夜半三更
一个小偷潜入我的房间
蒙着脸
翻箱倒柜地找起来
我被惊醒
她说她找不到我的爱
我也慌了
也趁着夜色
和她翻箱倒柜地找起来

尺度

用一种蚂蚁的尺度

穷尽足以淹没宇宙七次的孤独

用一种蚂蚁的尺度

与繁星对峙

用一种蚂蚁的尺度

接纳世界纷纷跳起的芦苇

用一种蚂蚁的尺度

拥抱夜雨的荒凉

用一种蚂蚁的尺度

走入尘泥

用一种蚂蚁的尺度

去爱一只蚂蚁

用一种蚂蚁的尺度

衡量人

我被潮水裹挟，窒息

有人说秋风如潮啊

我说秋风太浅了

真正像潮水的东西

当它来的时候

没有什么可以阻挡

幸福是个哑巴

夜里我被江河洪流裹挟，窒息
跌跌撞撞地撞向你
撞向你坚硬如绝壁的埋伏
一次次头破血流
让你把你所有的苦涩与泪水塞给我
决不抗拒

趁着月色，求你找到我埋骨的地方
听他最后一声呜咽

我想，我要是那个绝壁就好了

当你披着薄暮的时候

这被撕裂的明媚的阳光下
谁制造出这些斑驳
谁又是深藏这些斑驳的人

谁的根须匍匐出烈火
谁又一动不动化为灰烬

苍天从没有忘掉给我
雷霆，还有玫瑰带血的棘刺

可我漂泊的浮生到底该怎样泅渡
你横在你心里的那片汪洋

当你披着薄暮的时候
我始终望着你
留出整个胸膛的位置
让所有的涌动的悲伤来去自如

苦果

我一个人走过群山
淋着密雨
听说石榴汁有酒的感觉

走累了，我一个人躺在那片苦果树下
熟睡着，就做一个爱恋的梦吧
等有一天，苦果成熟了
就会掉下来，击中我
爆裂出苦涩的蜜汁
最苦的，不可预知
也不需要躲闪

潮汐

冰冷的夜雨里
被冻透的我们瑟瑟发抖
这是我的爱
留只左耳贴在你的胸膛
听听血的潮汐
与你不一样的妄想

我不知究竟如何

我不知夜色究竟如何变得
这么悲凉

一只残月
究竟如何爬上高树

一只枯蝉
究竟如何蜕成一钩残月

一滴蝉流下的泪珠
究竟如何承负月光的沉重

一只枯蝉

究竟如何上弦下弦

一把残月
究竟如何削掉漆黑的夜色

轮回

无家可归的流民
战火中死去的残兵
向冷风里缩行的乞丐
千年前的轮回里
我是你吗

卑贱的虫
无辜的泥土
万年前的轮回里
我是你吗

不，月亮
别这么深情地将我凝视
这么多年
我的泪水已成霜
高悬而枯槁的雪月啊

幸福是个哑巴

多少亿年前
我是你吗

做一回憔悴的瘦驴吧
驮起高贵的人类
到被拔去皮毛之尸骸遍野的荒原

做一回苦水吧
从天上打翻盆
倾入浮满美酒的樽间

做一回稻谷吧
提心吊胆地昂起头
试探着迟来的春天

做一回可怜的鞋子吧
为大地隔住人的肮脏
或者，在生死的下面沉重地喘息
为生命挡住黑夜的枷锁
我愿，我愿是卑贱

没有人记得前世了
爱流到了那么远

有月光流走的冰冷小径

多年以前

我就是你

是你吧

不，罪恶的是我们

我举起头

夜夜破缺着的那轮残月

你忏悔什么

圈套

不要问我从哪里来

我不是先知

我被苍穹投掷向世界

世界不断地下落，退缩

我问，我问，我问

彼此成为彼此的提问

彼此没有彼此的回答

世界是一场梦

我在一场梦里梦见了我的梦

因果的线拉着我翻滚

我像个木偶在梦的边缘狂舞

缠绕，放开，重复

握紧，松开，重复

夜夜夜夜，重复

飞起，摔落，他们重复

我活着，他们无端地重复

我死了，他们无端地重复

我醒着，他们无端地重复

我醉了，他们无端地重复

我在无端里存在或虚无

他们无端地重复着

世界不是无底洞

它是个圆环般的圈套

旋转，并且无始无终

恢恢

没有风

也没有你的裙摆

没有情人

也没有人心暗涌

只是两条金鱼

蜻蜓点水般交触在一起

青荷便在无风的秋日颤抖

孤独而甜蜜地晃曳

摇落了一生的心事

我在滴落的荷露的最低处

默然欢喜

我多想在荷叶下藏一个箩筐

把它们全部收下

然后我背上你所有的心事

在雨声里，走天涯

我的箩网恢恢

却总有一些秘密无从知

总有几滴泪水漏滴出

这时候

就在这时候

山河无声

浪子停住脚，屏息

永恒开始泄密

温柔

我无奈地沉默

无奈地成熟

无奈地温柔

我要是温柔起来

就像一棵不抵抗的果树

你要什么

就从我身上拿走吧

我没有的

就明早为你长出来

我仍爱，以我所有的存在

以我在这里剩下的所有存在

无奈地依赖

无奈地等待

无奈地爱

我要是野蛮起来

就像一朵没穿裤子的云彩

酝酿

你死了

我会怀念你

把你的愁酿成摇落的青荷的晨露

可我怕来不及

所以当你还活着时

我就开始怀念你

把你的笑酿成一树苦涩的哀歌

我在浓稠夜色里怀念你时

风沙侵蚀着我的炽热

黑夜会将你融化

化作一滴翠鸟的泪水

落进一片战栗的叶

秋风来时

一树的叶子撩乱地起舞

人世间的泪很沉

我知道那个哽咽的一定是你

我把你挂在我的眼眶

永远，滚淌

一生没有流出来

当宇宙终要把你带走

我就将你滴进一壶流年

用酝酿一生的流年把宇宙灌醉

暮色

黄昏是暴风雨，倾盆而下

惊惶，骤变的人心上我走着

也许是黑夜的迫近
让它看起来厚重

走到洪荒的暮色
我停下脚步，坚毅地
站在原地
向苍穹之上的众神逼视
天荒地老

对视

落日西沉，一路上
生离
死别
哭声
风声
我站在涂鸦墙前
与墙上的苦难、裸露、死亡
仇恨、泪水、干枯的双眼
对视
槟榔、黄沙、战火无不战栗着
落日没有抬起头
没敢迎上我的双眼

慈祥

我走过人间

那萧瑟秋风里摇摆的草木

刻着我掌纹的顽石

被凶残地割裂又拼凑的基因

《山海经》里的异兽

都是上天在造我时打下的草稿

我在昆仑山下洗净红尘

想到死后身体会被狼崽撕咬

就忽然有一种慈祥

须臾

须臾间

星河毁灭

刹那间

水逆结束了

三十万亿细胞酩酊

没有一个夜里睡去

不到百年就走了

何需沉睡

秋风呼啸

秋风呼啸着扎痛我的胸膛

草树萧瑟声起

那么不真实

商时风、唐时雨都成往事

潮汐退去，卷走星河

熔岩都涌起了

我却为什么还迟迟不肯交出自己

今夜我想喝一壶流年，然后

左手提着白云

右手拎着苍狗

去见你

当我死了

当我死了

请把我的碧血铸成箭镞

穿透秋风里冤魂的嗷哭

请你俯下身听夜夜

血水里的箭镞生了铁锈的呜呜低语

当我死了
请把我的呼吸当作风藏进藏羚羊
藏进尸骸遍野的高原
请你听令人毛骨悚然的风声里
扳枪的瑟瑟发抖

当我死了
请把我的头盖骨用作酒壶
盛满人世无处发泄的悲怨
不再让它们淌满世间
我那满头盖骨的烈酒啊
不是英雄的慷慨与气魄
那是萨满为不相识的人流下的泪啊
那又是多少个
流泪的萨满

慈悲

在层层冰雪里
人们挖到一头古象的尸骸
它闭着双眼
如冷月静穆
死后化为灰烬的我们
也能像这样慈悲吗

枫火

如同撕咬里野蛮的根基

一棵树的背后摇曳着人性的背影

一棵枫树也有枯与荣的两面，当光线

从高贵的方向射来

可并不是因为矮与丑陋

并不是因为贫穷与无知

并不是因为霸权与炮火

并不是因为南北与孤岛

而是以黑暗与痛的一面为世界

留出爱的余地

世间没有一种美丽值得去爱

也没有一种可能值得被相信

世界没有一种光胆大地偷渡过来

世间也没有一种冷漠

能阻挡枫树枯败的那面疯狂地燃烧

挖洞

人猿相揖别后

你从东非大裂谷里走出

找到一个洞

你不停地挖

挖出火种、石器、犁具

挖出香料、蒸汽

挖出烟草、黑奴

挖出炮火、原子弹

你挖，不停地挖

挖出来的柔软越来越少

而挖出的带血的锋利越来越多

伤痕累累的你挖啊挖

你的身体越来越沉

在坑里越陷越深

越陷越深

像要埋了自己

夜里磷火总是流泪

和所有的萨满一起祈祷

求上天别再让你挖下去

一半

烟水是假的

浮生是假的

流年是假的

那唯一真实的
有时是穿过时间的飞鸟
有时是飞过湖泊的雾

有时，白云一半僧一半
而真理是他们共同的玩具

枕上云

在梦的外面
我看到里面
里面的人醒着

在梦的里面
我看到外面
外面的人梦着

望月

月亮女神是个流浪者
投身入大海一望无际的颠沛流离
和她一起流浪的是我的影子

爱一个人的时候，她在南边
恨一个人的时候，她在北边
想一个人的时候，她在东边
忘一个人的时候，她在西边

现在，是不是
到了该忘掉你的时候了

无题

你趴在树枝上低吟
问我为什么哭泣
让我靠在你冰冷如雪的翅膀
你还给我看藏在羽毛下的伤痕
让我温柔地忘掉这个世界

如水的月光

如水的月光照下来
照亮了秋水
飞鸟，还有我们不可挽留的生命

月光动荡在秋千上

多像那些风尘里摇摇荡荡的游子

你走进了我的生命，步履端庄
当月光照入我心的裂缝

我们相爱，老去，腐烂
我们是那样小
小到要成为
荒凉而孤独的宇宙黑夜里的
一滴露水

如果我们不能相信这是真的
那月光为什么还要照亮尘埃上的我们

秘密

其实，我只是
一件衣物
我的里面还有
一个人，他正
穿着我
招摇过市

银色的月光铺满了尘世
在动荡如水的爱恨里
他想，穿着这么一件人皮大衣
可真是件神气的事

爬山

我爬上了一座高山
我爬上山顶

我撒下一把寂静
飞鸟们便纷纷飞过来

在岁月的万尺浪涛声里
最年轻的是我
最古老的是宇宙

我撒下一把永恒
白云围过来与我相揖
我
久久不语

我坐下

幸福是个哑巴

像一只乌龟
缩头
内观

一只蚂蚁爬过我
像爬过了一座高山

坐下去
最古老的是我
最年轻的是宇宙

寻老僧不遇

据传说，白云的深处有老山
老山的高处有一个寺院
寺里有一株古树
古树下有一个老僧
老僧坐在古树下
古树睡在寺里
寺卧在老山高处
山走在白云里

寻老僧不遇

不见深山
只见白云
向何处，向何处去寻老僧？

老僧种了几万年白云
终于藏起了一座山

如果有一个人

如果有一个人愿以流年为口袋
收藏你所有的刀锋与伤口

如果有一个人
愿用蜡烛滚烫的泪灼痛自己
为你抵挡所有尖锐

如果有一个人愿为了你被悲风
像纸屑一样吹落他的命运

如果有一个人愿化作世上的光
穿过八万光年，融化在你的身上

如果有一个人误入歧途

愿为你走进罪恶的人世与地狱
走进兵荒马乱，风尘与烟火

如果有一个人满怀旷世之悲
带着他滔滔的一生
把万语千言压缩成一个字去爱你
把万千个夜晚按进一个夜晚去爱你
把凄凉的命运压在身下

如果有一个人一次次
重蹈覆辙地爱你

如果那个人碰巧就是我

顿悟

黄昏像口巨大的棺材
装着山河与众生

走到树荫下的傻子
在是与非的交织里落魄得
像一条落网的鱼

学着释迦牟尼的样子
傻子打算在老树下冥想三十天

天渐渐黑
他憋不住尿了
站起身来

那个傻子忽然顿悟了
宇宙没有起源
因为宇宙是倒叙的

傻子放生

傻子放生
他把狼放生于羊群

他把天花放生于滚滚红尘里
把荆棘放生于玫瑰花丛

在草木摇曳的深山里
傻子憨憨的笑声
还来不及被埋烂在泥土里

一条被放生的蛇
一无所知地
开始了他无尽吞咽的一生

打水

清晨，冷云藏起了山
小和尚走出空荡荡的古寺
去山下的井口打水
他把绳子放得很长
他把桶放得很深
当他把水桶向上拽时
他觉得有什么在使劲向下拉

他想，他大概也是
因为天上之人一不留神的松手
才沦落到人间

荔枝

是因为荔枝嘴里睡着月亮
所以一生守口如瓶
还是因为无话可说

因为听尽了乌鸦啊啊地吐出的月光

每一句都那么苍白

如果幸福就是

在被滋养时静等着

被剥皮抽筋

被剥削血肉

然后留下种子

在人世无边无际的夜色里

或许真没什么好说的

慧能捞月

月亮湖是一面镜子

所有美丽的愁鱼进去就赖着不出来

慧能和尚挑着桶去捞月

四次都没捞到

拍拍脑门

大叫

四大皆空

这时

月亮湖里跳出了一群木鱼

叩击水上月

空

空

空

空

共计

一百零八声

那声音让我想起昨夜

从高楼跳下的一百零八个人

试图震醒大地的

一百零八声头颅坠地的

爆炸

对视

如果你与自己对视

你会坠落

然后穿过永恒的岁月的长河

化作一颗露水

打在

几十亿年托举着尘世的那朵莲花上

永恒

老僧坐在万千蔷薇上

无边的存在抵消在透彻如水的月光里

一声叹息
沉入
永恒
一只蚂蚁
爬进他的嘴里

跟我走吧

总是在寒冷的夜里
梦到一颗流泪的麦芒在麦田中
摇晃了一生

在秋风里，我不能
我不能放心地战栗
请让我在泪水中洗净自己
洗掉我一身的毒
直到能在破碎、泥泞的人间里
被你认出

世界的诞生是一场事故
我在事故里折叠着斑驳的爱
我是罪徒
世界很多艳影都被我爱过

111

我甚至爱那些花朵的娇醉

胜过一棵荆棘的善良

在星河模糊的夜里

我以一个那样轻薄的躯体

走入厚土

如果我在戈壁里跌跌撞撞

一路上鼻青脸肿

你是否能将我从莽莽的草木中

一眼认出

我早习惯原谅自己的荒唐

可是，我从来也不回头

从来也没有嫌生命太轻

从来也没有放逐过自己

星辰汹涌

我只衔走一颗荧惑

就足以化为灰烬

模糊的天上划过泪水般的彗星

模糊的天上一朵云抱起另一朵

一朵云原谅另一朵

我对一棵摇曳的麦芒说

跟我走吧

秋风呼啸着

麦子忽地一动不动

像被彗星的疼痛所击中

怔了许久

铁证

用黑色的脉络向宇宙宣告

不懂人类的语言

与俗世交换轻蔑

我鄙视那些绝口不提死的儒家

和一定要死得其所的软弱

请你举起灼痛双手的火把

照亮那洞穴里冰封僵硬的蝙蝠尸体

我会告诉你

这不是被禁忌的辞语

这是我们质问生命的铁证

子夜

黑色重创，子夜受了枪伤

地狱里死去的耶稣梦见了十字

寂寞在蜕皮的树枝上萧瑟着

不知是什么啃咬着墙上的壁纸

废弃的空城有旧梦，潮打不醒

狼藉，睡在深夜的肚脐上

在肮脏的深处

听见世界腹里苦水的暗涌

恶毒的盘古一斧劈开混沌

惨痛地，天地分裂

九霄之上有紫皇的高枕

地狱之下有人间

有狂风暴雨摧屋卷瓦

有枪林弹雨疯扫通街

有饥饿的幼童被烧成烤肉

有使人堕落的夜色

有腐败，有仇恨

有饥饿，有凶残

有贫穷，有剥夺

不！这些都还不够！

我向深渊嚎叫

魔鬼罪恶地劈出那划开天地的一横
我还固执地偏要添上一竖

玩笑

笑到最后的人
不一定笑得最好

当所有人急迫地走进天堂
天堂之门砰的叩闭
人们才知道上帝所说的天堂是地狱
才知道这是上帝开的玩笑

天花板剥落下了岁月的荒芜
灵长目人科人属脱不下虚伪

子弹卡不住子弹
噩梦叫不醒噩梦
好人杀死了好人
人间吊死了人间

笑到最后的人
最后终于读懂了笑话

惊惶

睡布，破碗，人流涌动着

一个四五十岁的男人乞讨着

瑟瑟发抖

用断掉的腿拄起月光

用他的穷途堵住了我的末路

我从他欲哭无泪的眼里看到欲哭无泪的我

和他一样的刀锋

一样无助地瞪着人世

当他蹭着地向我靠近

我惊惶着

飞快地逃跑

杀生

把那头猪赶向屠宰场

那头猪迈着坚定的步伐

面无痛苦

似乎终于要去洗清自己

似乎生来就是要赎罪

屠者握刀挥砍那头猪，如风驰雷骤

如龙腾蟒荡的狂草那么潇洒
乱刀嗖嗖砍起，砍得
血光飞溅
那猪只叫了句阿门
就一声不吭了

夜晚，一场盛宴
摇晃的灯火照着彼此的狰狞与恐怖
恐怖的秋风低吼着
饥饿的我们冻得瑟瑟发抖
颤栗地看着锅里
那个猪头如一个满口獠牙的狼头
双眼睁大瞪着我
我想，但愿我们都没有来生
若真有来生
它一定会张开血盆大口来吃我

灰尘

在金光灿灿的高座上供奉的是什么
不会是灰尘吧

你不曾低头一顾的脚下啊

是混着血泪的
七十亿多么壮观的尘土

残阳

万里暮色血一般腥红
那是破裂的苍穹
那是世界滴血的创伤
我隐忍着活在它的中央
在越来越黑的夜色里找着
血的出路

幸福是尘世的天空
不，那是天空之上
带血的尘世
那尘世里的每一片血
都是一道疼痛的伤口
每一道伤口都美得那么
惊心动魄

众生

你看那远古洪荒的岁月里

是怎样一个血淋淋的残月啊

哀鸿飞尽，下雪了
大雪落在荒凉的马奇诺
在那天涯江水为竭的地方
那巨大的一轮残月忍着痛
从高陵峭壁上翻滚下来
淋漓着泪
翻过一道又一道山岖
一次比一次圆

在那洪荒锈迹斑斑的夜晚
我忍不住一跃而下
追逐着明月一路翻滚
我追着老月滚过一条又一条沟
我们越来越圆
越来越相像
越来越陌生

我回头，看到
众生也在纷纷滚落
以不同的血肉模糊的伤痛
我们也越来越相像

越来越陌生

午夜，偷酒喝醉了的狗
醉眼也飘荡在西风里
它有时也会惊惶
把我和月亮当成一个
把我与众生当成一个
而我也会在忘掉残缺的疼痛时疑惑
哪是你，哪是我

掩盖

装满火药的残月包不住怒火
看月者握着渐冷的兵器
噼啪爆裂
悲愤永远汹涌在夜里
冲撞在血泊中

硝烟弥漫的路上还不止地淌出血来
迸出仇恨
一路黄沙漫漫的长夜里
第几次，我们举起灯
又照亮了一具具骨架与残骸

我们曾多么悲愤怒慨

对红树林狞厉咆哮

可是，黑夜里总藏着些

比黑夜更黑的隐秘

让我不知所措

比如那上百万为皇军杀国人的伪军

比如集中营里的中间阶级

哪里有压迫，哪里就有屈服

哪里有强霸欺凌，哪里就有走狗

杀机四伏的流沙道

我们一点点照亮脚下的路

每盏秋灯，都是一只慈悲的眼

我们一遍遍质问着黑夜

又渐渐理解它的费解

脚下都是些骷髅

头顶是瘦月枯槁

可即便如此，我们还是不断高吼着问

黑夜，你已埋葬了多少政权与无辜的白骨

还会埋葬了我们吗

黑夜，你已掩盖了枪声与鲜血
还要掩盖我们吗

微笑

爱是一种奢侈的温暖
可我从没见过动物园里的狮子笑
我从没见过动物园里的斑马笑
从没见过动物园里的孔雀笑
我也从来没见过动物园里的猴子笑
但我见过动物园里的猩猩微笑
他们面对恶敌而恐惧时微笑
我们人类也微笑
我想，猿类也微笑

英雄从来没有微笑过
因为他没有恐惧

星

一切繁华都会过去
我们终究要放弃灯红酒绿里的喧嚣
孤独地选择荒凉与抛弃

那太阳千百次徒劳的起落
曾教一切圆满成为可能
而今仰首，只有寒冷的群星各自孤绝
那些带泪的群星从没被赦免
可所有的星星都是真的
那些死去的星星也是

雨雪风霜，总是不声不响把一颗星拽向死亡
而留在世间的不过在西风里摇曳着
那些死去的星，再也看不到所爱的流逝
那些带泪的星，再也不能给予或索取
从大地荒凉耻辱而疼痛的内部
可是再渺小的星星
也不能被恶魔般的命运精确地捕捉

而不幸是对生存的惩罚
那些活着的星星像被线牵动的木偶
在虚无的边缘含着泪跳舞
总是对着刀锋
赤裸着
好像从来不怕被寒冷冻死
总是含着泪笑着似的

假如我也知道死亡的真谛

哪怕一星半点

或许我终于能甘心于自己的平庸

那露珠般的星星啊

你从孤独中脱身

那要去向何处

我们却总是抱怨着

人间为什么偏要是地狱的前身

为什么偏要有战栗的星群

它明明可以是彻头彻尾的黑暗

没有爱，没有温暖

没有一丝光亮

边缘

众星绕着宇宙的中心转

在小轮回里转

在大轮回里转

在更大的轮回里转

在更大的轮回里

转啊转

生老病死

成住坏空

可是没有一个星群

甘愿成为宇宙的中心

因为所有的星河遵从着

蚂蚁的旨意

永远不成为中心

不成为所有边缘的边缘

中国古代史

无非是

一卷王朝更迭史

无非是

一把把弯刀出鞘而起

一颗颗鲜血淋漓的太阳掉落菜市口

昼夜以替

无非是昏暗沉沦

然后拔刀而起

无非是拔刀而起

成为昏暗沉沦

无非又是拔刀而起

然后昏暗沉沦

黑夜

许多黑暗从地底喷发

悄然折叠成黑夜

幸存者用乌鸦的胶卷摄出阳光

那些藏身屋檐上的乌鸦总会

使我不由得想起

那些奥斯维辛集中营上空的乌鸦

那些萨克森豪森集中营上空的乌鸦

那些布痕瓦尔德集中营上空的乌鸦

那些布伦东克集中营上空的乌鸦

多少年也没人能移走

那些沉得飞不动的乌鸦

那些留在灰烬里的乌鸦

那些满身血泪的乌鸦

那些不忍离去的乌鸦

人蜷曲着降临人世，蜷曲着葬入泥土
为了活着，扭动得更加蜷曲

短路

滋，滋，我汹涌着势头

鲜血湿透了胡天

我要短路

啊，黑夜的压迫

火星的胸膛崩裂

迸出自由之路

原野上动荡着反抗

疯狂地飘摇

可爱的黑暗啊

你将被我撕裂成乍起的乌鸦

我将用暴烈的疾电闪瞎黑夜的双眼

碾碎狼嗥的妥协

让爱，与黑夜的黑

同归与烬

焰火，你为什么害怕光明

为什么惧怕自己

幸福是个哑巴

提醒

夜夜夜夜，破屋里，倚靠着败壁
胸膛里的狂涛骇浪翻搅着
狠命冲击心房，阵阵疼痛着
我借此知道，我活着

阿富汗失去双臂的孩子疼痛着
中东爆炸过炮弹的荒废之城疼痛着
印尼街头死去的尸体疼痛着
疼醒了世界
和它的存在

雨淅淅沥沥地下着
人们淅淅沥沥地活着

我举起斧头
砸痛手臂
警醒我
自己的存在

察觉

夜里一点

128

鱼缸撞地破裂
金鱼拼命向高处一跃
摔地而死

夜里一点半
一个女子打开高窗
跳下楼

夜里两点半
一头鲸撞入罗网

夜里四点
在恐怖的森林
一个男人暗潜至此
在枯树上系绳自杀

几百年前的午夜
梵高的向日葵疯狂地燃烧
化为灰烬

黑夜里的世间有那么多的毁灭
黑夜却都不能察觉

绕不开你的埋伏

是啊，我绕不开你的埋伏

我把爱衔在雨中曼舞的青鸟的嘴里

一次次驮起重如玄铁的黑夜

在青稞彷徨的尘世里跌跌撞撞

你必须允许我犯罪，允许我化为灰烬

允许我把所有的江河押注给你一声呼唤

允许我一次次辜负佛祖，辜负大地八百里的宽容

允许我爱上疼痛，爱上哭泣的拳头

允许我无可救药地把所有悲伤逼回心中

允许我在银华簇乱的深处泯灭而死

死神

都是漆黑的，到处是电梯和潜水艇

我在电梯里，黑漆漆，下坠

一百层，三百层，八百层

死神拦住我说："你已经死了。"

我看不见他，到处是漆黑的

我狠狠往我脸上抡了一拳，疼得我痛叫一声

我看向漆黑的前方厉声反驳："可是我还有感觉！"

那堆死人笑了，说："我们也有。"

我毛骨悚然地颤栗

死神说："你害怕的不是未知。

未知毫不可怕，你害怕的是失去已知。"

我说："我不惧怕。"

死神说："不，你恐惧。"

我问死神："我为什么恐惧？"

死神说："你想依附，有依附，就有恐惧。"

我踩不到底，不停地往下掉

我听到死神喃喃念叨："生。死。爱。生。死……"

死神说："你要记住，爱即是死。"

我说："我记住了。"

死神说："你又依附了。没有依附，才会有爱。"

玫瑰玫瑰

我从遥远的水瓶座飞来

踏过星河的波涛

我来浮世买一枝玫瑰

我知道

我会在百年的须臾间毁灭

一枝玫瑰是一场焚烧

肩头颤动于火焰

她的心跳淹没

耳畔汹涌的波涛声

她说浮世只有她一朵玫瑰

一切都会在火焰里消溶

一切悲苦，一切破碎

一切爱，一切生死

我望向萧瑟的树林

"一生。"

那些秋雨里战栗的枯蝉说：

"这是市价。"

在弗朗明哥的吉他声里

我收集夏季所有枯蝉夜雨打树声

秋季所有的秋声

冬季所有人事纷飞的喧哗

每一次夏雨杀入窗外池塘

玫瑰都会把刀横在我脖子上

她说："别怕，这是梦，

没有扑朔如雪的世事。"

哦，我存在于此

亿万年前，亿万年后
直到苍天麻木僵硬
直到你消失在萧瑟的森林

偈

淅淅沥沥的雨
化为一杯茶
那些小像
死后不能流泪

遗忘

每次你来到浮世
我都给你读一遍前朝史
免得你把我忘了
你把我忘了，就再来一遍
第二世你把我忘了
我便给你读了一遍《史记》
第三世你又把我忘了
我便给你读了一遍《旧唐书》
第四世你又忘了我
我便给你读了一遍《宋史》

第五世你还是忘了我

于是我给你读了一遍《清史稿》

第六世你仍旧没记起我来

我只能苦恼我什么也没留下来

等到第七世你若是再忘了我

我就给你读《崖渊诗歌集》吧

当我不能再守着你想哭的时候

公元某某年宇宙混沌

我守着你想哭的时候

某某年层层血渍

染红荷花

我化作热带风

摇落下你一身的露珠

公元某某年象群奔袭

某某年一场热带雨

我用血肉肥沃了大地

草木疯狂覆盖

斑驳萧瑟

繁华催送何痕迹?

荒藤攀爬上光辉流泻的浮雕

强悍的老树穿裂石壁

斜阳如血废都空

残照千山泪点红

昏鸦在血雨里飞起

生老病死，成住坏空

又凑出了一个浮光明灭里摆曳的荷花

又凑出了三千个劫

又凑出三千声爱在无常里纷飞

守着你想哭的时候

荒凉废墟的尘埃里

满是浴火般斜光飞射如凤凰

相爱

在银河系里的一棵枯树下

在无家可归的夜雨里

两个蚂蚁相爱

举起枯叶为彼此遮雨

触角相碰

水乳交融在一起

它们的爱盛满世界之碗

泪眼婆娑斑驳

它们相爱在夜雨里

夜雨在一棵枯树下

那棵枯树在萧瑟树林里

萧瑟树林在吴哥里如一个微小的斑点

吴哥在柬埔寨里隐匿深沉

柬埔寨在地球上渺如尘埃

地球在银河系里微乎其微

实在小不可见

冲刷

生有生乐，死有死乐

一场场暴雨冲刷而过后

古潭里的浮光摇晃出繁华的暗褪

斜阳镀红了破损之身

慈祥的微笑里爬满蚂蚁

荒红花梨木下的那群石像

藏匿于枯败的萧瑟流年里

听着昆虫的低吟

从没为沦为人感到沮丧

满天繁星也不曾

为自己如萤火一般而悲哀

萤火在烈火里

燃为灰烬

战象群葬入湿泥

热带雨冲走繁华与喧嚣

暴雨劈头而下

落在活人头顶的毛毯上

也落在身上不遮一物的死人身上

为了占有

我躺在一棵苹果树下

守株待兔

一夜间一树所有的苹果纷纷跳下

最后一个苹果一直也没有掉下来

我躺在苹果树下望着她

等待最后一个苹果甜蜜的吻

最后一个苹果整整迟到了三个月

直到那一天

岁月荒芜

草木全部凋零腐烂

她才恍然掉落

她解释说

为了久久占有一双凝视的眼睛
她晚成熟了整整一个秋天

跳天

满天凶猛跳下的暴雨
百滴千滴万滴亿滴
前赴后继地跳下
就这么跳天自杀了
它们自杀究竟是因为什么
难道因为屠戮
难道因为恐惧
难道因为酷刑
在鲜血洗净的尘世
没有人知道

在尘世有那么多人就这么自杀了
像雨滴一样渺小
像雨滴一样死得不明不白
不明不白地被宣告自杀
不明不白地渺小
不明不白前赴后继地融入
疮痍大地的屈辱悲哀

麦田的愿望

麦田一生也没原谅大地

只是日夜望着天空

今晚的月亮将被麦田拧亮

照向麦田

月亮将不敢吝惜它的光

就像照耀大地一样

风浪汹涌的麦田在月光里受孕

用坚硬的骨头独自撑起一地金黄

她要教每一寸泥土为她倾倒

为她下跪

她要把吃剩的雨露留给大地

不打扫夜色，扬长而去

从世间万物中找到你

那些萧瑟打过老蝉的七月雨

那些向日葵高举的手臂

哪里都是你

那些放肆燃烧的石榴

那些隔溪花

那些淅沥夜雨频率的心跳

哪里都是你

那些雨里交尾的壁虎

那些冒出泡沫的酒瓶

那些醉酒的乌鸦

哪里都是你

哪里，哪里都有你的痕迹

哪里都是你

就这样

我从世间万物中找到你

杀死那只翠鹈鸪

杀死那只翠鹈鸪

是为了

写一封血书

是为了

点燃一朵金陵宫殿里的残荷

是为了

酿造一坛炽烈的熔岩

是为了

用一口血喷出万里残阳

是为了

让一片枯叶脸红沉醉

有时候世界只有一片枯叶那么大

一边是夏

一边是秋

在喷洒的血渍里

一边是八百万亿光年的孤独

一边是八百万亿光年的沉默

我们的从前和现在

某一天

作为三叶虫的你我

在寒武纪的深海里

遥遥相望

某一天

作为鹦鹉螺的你我

在奥陶纪的深海里

遥遥相望

某一天

作为笔石的你我

在志留纪的深海里

遥遥相望

某一天
作为鲨鱼的你我
在泥盆纪的深海里
遥遥相望

某一天
作为巨型蜻蜓的你我
飞在石炭纪的江泽之上
遥遥相望

某一天，某一天
我们遥遥相望

某一天
作为恐龙的你我
在侏罗纪的茂盛森林里
遥遥相望

某一天
作为翼龙的你我
在白垩纪的万里天空
遥遥相望

某一天，某一天，某一天
我们依旧遥遥相望

某一天
作为人类的你我
相遇在第四纪的万千人群里
不要和我遥遥相望了吧
放胆来，张开你的嘴
咬死我吧

夜里的太阳

那些戴草帽的游荡回来的亡魂
声称自己看过夜里的太阳
夜里的太阳漆黑得比夜色还无力
但这无力自有无力的力量

夜里的太阳
照不亮一个回头无路的歹徒
照不亮一只流浪狗
也照不亮一朵放弃生命的枯萎的花
可是夜里的太阳
活在深深的泥土里

在叫喊里不断被雨水冲刷

这如同被夜色幽禁的时刻如此无用
而无用自有使人战栗的无用的力量

一个死不了的人在不停修理自己

春天锈迹斑斑

我失去体温

那些尖锐的铁片在夜里暴露

狂舞里割下血色玫瑰

有人暗里拉开弹弓

尘埃打中我

凝满我的双眼

我坏了

拧不紧发条

我修啊修

修啊修

修不好

死神坐在朝霞上急不可耐

头冒汗珠

不断地向我张望

我不能屏蔽恶毒的夜色

我也着急

可是我修不好啊

你怕死

可你知不知道永远不死

该有多可怕

那棵会开花的树

每次你走来

那棵会开花的树

都会用泪水盈盈的眼睛凝望着你

凝望你的脚丫一次次包容了咬伤你的泥土

那些因为你的离去从树上掉落一地的花

会在你走来时

永远都甘愿忘记过去所有的伤痛

永远都会哭着泪飞回枝头

永远，永远

在你再次走来的时候

小疑问

你问我爱你有多深

月亮代表我的心

可月亮也有阴晴圆缺
请问到底有多深

没有

古时候的人生下来就时时仰望天空
等历尽沧桑，有一天
终于会和天上一颗星星相认
他们流出泪来，便流成了海洋
然后没有怨愤，满足地死去

万千年后
狂澜带着沉重的鼻息退去
终于满天繁星和我一样
没有可凭的阑干

这时候
宇宙还在膨胀
静默就像咒语
你没有什么想说的话吗
没有

最大的地图

在八百年前的修道院里
一只蝙蝠打翻玫瑰瓶
一本用没人拥有的感官写下了
已发生和未发生的一切的
卷不到底的羊皮卷
在火焰里复现奥斯曼的战争
以及将盗走玫瑰瓶的暴雨与洪流

在那没人再进去过的修道院里
冒出一切曾冒出和未冒出的
无限的烟
一群黑衣人把自己
画进了一比一的世界地图
他们把一切画进地图

于是地图一点点覆盖了整个人间
自此以后
所有人都走在地图上
地图上写着那群黑衣人的遗言
——我们把所有人画在了地图上

人间

颤栗，或动荡的

一切

身不由己

找不到

震源

不如

不如换一颗头颅

找一个替身

或者杀死了自己

然后逍遥法外

羞涩

真理总是比赤裸的少女还要羞涩

只有一丝不挂的上帝

恬不知耻地繁衍众生

回味

不管是风里

还是雨里

老李总是孤独的一个人

坐在无人到访的夜里

嘬着手指头

慢慢地

回味

在浩劫里

被搅拌成糊状的生命

种白云

种了一生棉花的人在天堂里种起白云

通过阴冷与雨雪

帮地上那些种棉花的人求生

碗

碗就是一个碗

它不是生来被用来盛东西的碗

它就是碗

碗可以不是容器

碗就只是

一个碗

它独立存在

它不需要被赋予功用

只是，没有人有一种胆魄

使它成为一个这样的碗

使它成为一个不是被用来盛什么的碗

而就是一个碗

这不叫空碗

这就是碗的形状

我在乌江宠溺人世

我们高举着伞，插进云里

这是我们在天上的坟墓

每到雨季

用霸权占领天空的恶徒

总会流给流落到人间的我们

悲悯的泪水

而我们高举雨伞

从不接受

就像终有一天我们沦落地狱
也一样要在人间堆满坟墓
作为雨伞
拒绝人世的泪水

相遇

当苍穹猛然破裂
众星横飞飘堕
我们各自孤独地坐在石头上
苍凉间仿佛看到
所有的以前和过去

一只大雁俯冲向大陆
一头大象狂奔向墓地
一个生涯走向另一个生涯
你是我前世的波涛
卷起千堆雪

我们各从宇宙的某个角落动身
我们的一世，二世，三世
直到八世，十八世，八十世
我们终将穿过无边的黑暗森林

幸福是个哑巴

我们来自两个石头
我们会相遇

在万千年猛烈的暴雨里
你看到一滴雨
就能看到
过去到将来的所有的雨

在万千年猛烈的暴雨里
如果我风化成沙
当你看到那一粒沙
是否看到
过去到将来的所有的沙
是否看到所有的呼唤
所有我冥冥之中
逃不过的颠沛流离

埋下

正如这皑皑霜雪曾如何掩盖鱼虫
这皑皑霜雪也将如何埋下我们

冻疼在霜雪的冰冷里

疼着疼着就醒了
疼着疼着就死了

今夜，霜雪已埋下我
你走来时逃不过的命运的伏笔

无言

听腻了木鱼敲击的昏鸦
几声嘲笑，灵隐寺下的山林里
银色的月亮是一条船
载我走上一条没有终点的路

每一棵树与我对峙
每一棵树摆出死生不弃的架势
每一棵树的树干露出不同的面孔
那是阿难，那是六祖，那是沩山，那是谁

惊喜地，我看到一副很像我的面孔
冥冥的召唤里，我想对他说什么
但想到他听不懂，最终只好欲言又止

也许整个尘世白白喧嚣

彼此是彼此的聋子
也许每棵树都想对我说什么
正要开口却把话咽了回去
如同一个女人留给聋子一段唇语

回音

在命运冥冥的咒语里
喇嘛们唱起真经
水鸟相呼
都能听到回应
你走后
整个江湖从此波澜不惊
我听不到你的声音
我要走遍所有的山崖
直到把你的名字喊成回音

要上天堂的人们都知道最后的结局

我不知道
要有多少根草死于非命
多少头牛羊被残忍屠宰于漆黑
多少只鸟儿被拔掉雪白的翅膀

多少头大象被集体电击

多少奴隶吐血身亡

才能支起一座高贵的天堂

其实谁的心里都在恐惧

谁都知道最终的结局

要是有一天

当天堂无法承受那么多的罪孽

崩塌，砸落下来

整个人间都会成为废墟

我要走的路

从遥远的星辰飞来

飞到更遥远的星辰去

我在这里须臾间过客罢了

无需落座

我的路随着月光

永无尽头

我提起我的脑袋

忘记罪恶

可有那么一股西风
曾经见证过
一棵树何以化为石头

可有那么一张巨网
曾经见证过
所有鱼群何以卡在漩涡

月亮依旧升起
月亮依旧落下
一望无际的尘土霏霏
我要走的路
爬到我的身上

陨石

那些陨石撞击地球
每一次撞击
就是一声惊世的绝响
每一次撞击的声音
撞进禅僧的脑袋
每一次撞击的声音
都如一场大灭绝

156

那些陨石对我泄露了隐秘
我是一个外星人，是流亡者
是被放逐到地球上来的

单纯

无边的寂静
压迫着我的呼吸
你看，十七只流萤
提着闪烁的微弱光芒
飞渡大河
炫耀着他们生殖冲动的强烈

只有理解黑暗
才可以变得简单

血液

去动物园的时候
老虎、狮子、野猪、棕熊看到我
都吓得不敢嚎叫

黑暗里，我偷偷露出爪牙
被自己的影子吓住
我知道，在物竞天择的炼炉里
我已原形毕露
我有另一个名字，叫恐人

相觑

如刀的残月悬在风中
而我悬在人世
万千棵树面面相觑
要说什么我早都忘了
万千棵树上有万千只猫头鹰
那么多只眼睛在凝视
只有一只眼睛穿破到我的心里
我在想
一只猫头鹰眼中的我
到底是什么样子

忏悔录

谈到权谋诈术，尔虞我诈
都可以大言不惭

谈到写诗，谈到爱与正义
就感到羞愧难当
好像说了什么见不得人的事

鱼

所有的幽灵在浪澜里竭力呼救
所有的死者把尖锐还给世界

鱼儿，你以你苍白的血肉
到底藏住了多少尖锐

夜夜，有一个失语的酒徒
用喉咙撕开大海
取出汹涌的万丈波涛

指路

凌厉的暴雨下起来了
四面八方找不到避雨的地方
众生谁不在迷途里
一个人要有多自以为是
才会想给别人指去路

忘言的时候，大雨总是倾盆而下
我把《理想国》踩在脚底
让脚边的一只蚂蚁为我指路

亡命

没有人写下我从哪里来
也没有人写下我要被寄向哪里
我是被扔在人间的一封信
夜雨已打湿了我
让我模糊得一个字也无以辨认
如果还有人记得我写着什么
那请你一定回来告诉我

亡命时，月光如水哗哗啦啦流远了
夜里，如果你看到一个亡命之徒
请你一定要想尽办法为他销毁
他的枯骨上盖满的邮戳

请你不要怪我，我也不知道
这封信该从哪里撕开

蚂蚁

风吹来，淅淅沥沥的雨里
荒草摇晃着
我知道冥冥中早已注定
一只蚂蚁与我的相遇

哦，蚂蚁，请原谅我叫不出你的名字
请原谅我不想像小草一样大声喊到
探出头来，以证明自己的存在
请原谅我想像你一样，做个无名氏

你等一等再醒来

在你醒来前
我已把三千声爱埋进泥土
我已流干所有的泪
等待爱的苦果砸下头来

在你醒来前
有无限多个世界被我藏匿
留给你的只有我

请允许我叫你菩萨，请允许我
菩萨，请允许我叫你一声姐姐

你可不可以等一等再醒来

狂徒

既然死亡早晚要来嘲笑我们
趁着有一口气
我们为什么不去嘲笑死亡

一个想要让世界为他软掉的狂徒
必须先要一无所有

滚滚江澜上的狂徒
总是嘶哑着吼
杯莫停哉杯莫停哉
嗟乎
还是醉死算了

我

我来自全宇宙

我曾是光

我曾是荒谬

我曾是红蜻蜓

我曾是丑陋的蚯蚓

我曾是蜥蜴

我曾是湿湿的泥土

我曾是一只羔羊

被猛狼撕咬

我曾是夜夜无依的一只流浪狗

我曾是它啃过的骨头

我曾是被人厌弃的乌鸦

和那些无人收尸的鬼

我曾是沙砾

我曾是蛆，我曾是

天上的那一轮银色的月亮

幸福是个哑巴

没有资格表示轻蔑

没有资格无视悲苦

没有资格厌弃所有的丑恶

没有资格把自己拔出冰冷的泥土

没有资格质问罪

我将是冻死的飞蛾

我将是沙砾

我将是泥尘

我将是爆裂而死的星辰

我将是是非不分的傻子

我将是智障

我将是瞎子聋子

我将是罪犯

我将是老无所依的人

我将是悲歌

我将是全宇宙的八方角落

战栗

你来的时候，海枯石烂

所有的孤独停止喧哗

整个世界粉身碎骨，离我远去

你就这样吞噬了我
还有我的战栗

我不安地抚摸我的肋骨
好像想起你一世一世走过的路

在这茫茫的宇宙里
到底有多少条路无疾而终

在这茫茫的宇宙里
到底有多少种爱无从抱怨

叫早服务

他每天想睡多久就睡多久
没有谁
没有谁能叫醒他

他背着十字架
进入深度闭关的沉寂

面对世人喧嚣的疑问
他三缄其口

他每天睡二十四个小时
没有人敢叫醒他
因为

他已经死去很久了

飞鸟

让大雪覆盖你薄薄的一生
让冷雨的吻洗掉你一身的泥泞

可洁白无法将你掩盖
雨雪风霜无法磨灭你的存在

大道之上，雨雪风霜
一只没有姓名的飞鸟俯冲直下
如一把尖刀不愿低头
在莽莽的冰川上找不到藏身之处

大道苍茫，大道有霜
大道是你的路
也是我的路

火山顶上的樱桃树

一座沉睡的维苏威火山就像

一把冰冷的等待着被焚烧的电吉他

风雨里，满是萧瑟的孤独

火山爆发前

我要一直守候火山顶上的樱桃树

和几只偷吃樱桃的燕子周旋

火山顶上寂寞的樱桃树

我要唤醒你的春天

我要等你允许我将你咬破

我要在樱桃树下挖一个洞

埋下我的余生

我身边躺着的那些花说

你看他死去的样子多像一朵花

孤独是人世的大喧嚣

不要给被大雨淋透的树讲你的故事

也不要向那些冒出蘑菇的树桩问时间

167

不要怀疑一只蜻蜓有她的爱
也不要相信泥土不会死

人们都在无缘无故地活着
而骤雨也无缘无故地下起来了
蚯蚓也有自己的秘密
飞鸟与鱼藏着什么
在那些风里的草帽瑟瑟作响的傍晚
孤独是人世的大喧嚣

一滴雨

一滴雨从云层里坠落下来
带着提心吊胆的幸福坠下来

它在风里起舞
它在风里流浪

一滴雨累了的时候
可以选择从一个人的眼角留下
可以选择浇灭一只烟头
也可以混入浊流

而一滴雨最终那样泰然自若地滑下麦子

落在泥里，结束了它荒唐的一生

望月

今夜月亮圆了，圆得那么突愕

我总是想责骂月亮

为什么一丝不挂地

在天上出售自己

有时候真想给它披一件衣服

不让所有人都看见它的洁白

我忽然想起许多年前的那轮月

和今夜的月一样皎洁

那轮月也是当年东条英机曾望过的那轮月

也是当年墨索里尼曾望过的那轮月

也是当年希特勒曾望过的那轮月

想着想着，我惴惴不安

终于掏出了镜子

直到我见到了认识的人

在大漠苍凉的蒙古国

一切都是如此陌生

幸福是个哑巴

没有见到一匹
我认识的野马亲吻花朵
也没有见到一只
我认识的鸟向我道早安
我更没有见到一个我认识的人
站在风中
直到我看到
脊背纹着万字符的
彪悍的女子
面前的那幅
成吉思汗

到底

到底有几千亿只蚂蚁
可以
在悬崖之间安居

到底有几千万只蚂蚁
可以
在火山口睡觉

到底有几十只蚂蚁

可以
在刀锋之上嬉戏

到底有几十亿人
可以
站在一个球上杂耍

相望

每一颗星星都是一个死者
每一个死者都是一滴泪
每一片星空都是一壶敬给死亡的烈酒
那些生前被看错的星星
从不挪动自己的躯骨
他们始终在等着突然抬头的人们
再重新看他们一遍

那些飞不回来的鸽子
那些被看错的人
那些含冤而死的人
都在天上看着你
等着夜夜奔波的你抬起头

171

哦，多么可怕
天上的那些死者都看得见我们
可我们看不见死者

地狱

他者即地狱
你是一个地狱
我也是一个地狱
每一个人都是地狱
每一个人的地狱都深不见底
里面关着众生

每一盏鬼火
都是那被关在地狱里的人们
种下的花

沙子

恒河抬起它大象般的脚
奔赴向永恒
从来没有一个人拥有过这宇宙的一颗尘埃
我也不过是恒河里一枚小小的石子

恒河也不过是宇宙的一滴水
宇宙也不过是我脚趾间的一粒沙

我与一粒沙子对视了一天
忽然察觉，这一次
我闯到了宇宙的外面

容器

万千个容器肩并肩地站在夕阳里
在光与影之间建构起
永恒轮回

空空的容器
在碰撞声里逐渐被填满
被爱
与罪

我曾想
倒出万千冰冷容器里所有的孤苦
然后插上鲜花

可是最初的水
可是最后的试探

173

棺材

尽管你不想死
不见边际的蓝天与大海
这无边的棺材
已为你准备好了

野草

白居易说
草是野火烧不尽的
就像地上的草民
不休地探出头来

他们家的老仆人说
田里的草是除不完的
就像地上的草民
一代又一代

老仆人死后
他的坟头
爬满了野草

老渔夫

夕阳西下

大河东流去

带着所有的悲怆

将死的万物发出薄薄的光

青山向身后退场

老渔夫的船

飞向鸟

老渔夫把身世摇荡在渔火间

向斜阳的深处远去

一声声

唤着青山的乳名

野兽派

野风从你锁骨上吹过

怒江在脚下汹涌而过

命运在怒江里暗暗腹语

挑逗得岁月天惊石破

那时，你说你是野兽派

粗糙地情爱，不羁地来去

幸福是个哑巴

翻滚的黑暗很深，蠢蠢欲动
嘴唇还是嘴唇
就算它没有咬破夜色

血雨腥风里奔驰而来
在夜里拉开残忍的弓
射向野蛮的夜，和野蛮的心
三心室里爱欲汹涌，淌出洞穴
沉睡的爬行动物都醒了
长大，长大，长大
狂野放荡地繁殖，生息
重新占据整个地球
把还没睡醒的花都掐死
就这样，占有你所有的爱

射手座

在野风里追捕
那些奔逃的记忆
寻情逐爱
本就是场高傲的围猎

嘿，猎手
那颗星忽远忽近
多么像你

我撕裂伤口
想要毁灭

迷恋于世间的一切危险
想知道
死在你的箭下和你的怀里
究竟能有多大的差别

偶然

我向千重万叠的星汉望去
在千千万万的繁星里偶然看到一颗星
那颗星向人山人海望来
在人头攒动的苦海也正偶然看到我
她告诉我
她的名字

幸福是个哑巴

本诗题目无法描述本诗内容
这是一首
只有十二个字的
诗

乌鸦
黑夜披在我身上
我就成为乌鸦
生来不被待见的乌鸦
蔑视人类的乌鸦
爱乌鸦的乌鸦

我心里住着一万只没有家的乌鸦
它们在黑夜里藏身
它们心里有一个地方
那里的月光乌黑黑的
要教所有洁白羞愧难当

流星
满天流星都是死去的人曾经
在死去时流下的泪吗

每一次，我都企图透过那些泪水
看到它们背后的一双双未瞑的眼睛

六朝战火硝烟里的流民
早在石窟鬼神恐怖的壁画上
告诉我
其实这些历尽苦难的人们
都不怕死亡
他们只是怕死于被抛弃
死于恐惧
死于荒凉与孤寂
死无所依

我放弃躲闪
宇宙里一颗流星撞向我的怀里
以避免在孤寂中
死去

创世纪

（节选）

幸福是个哑巴

太初

在无边的混沌里
混沌
满溢出无形的寂静之杯

混沌
在时间的尽头终于耐不住
无际的孤独

忽然思考起自己的形状
忽然与自己相知

在那无边虚无的混沌中
流出第一道泪光

太初，无上的混沌
因为一种谬误
而分化出有与无

对立

无上的虚无不可言说
因为太一

存在于存在之外

太一的泪光

让最原始的光聚合

在镜子里

有与无

真与假

秩序与混沌

沉沦与拯救

从那太初的深渊里

对立诞生

直到那照出物像世界的镜子

碎成

太初的沙子

把一切虚无与存在

抵消在

太初

上帝

太一的泪光妄想照出

太一的形状

亚大巴多，一个极丑的怪胎
从这泪光里诞生
被弃掷在宇宙之笼
成为孤儿

从此
一只妄自尊大的井底之蛙
自称上帝
被困在一间监狱里
不知道宇宙外的
宇宙的存在

伊甸园

为了暗淡彼岸的光
上帝用亚当的一根肋骨做成夏娃
禁果给了他们经验与记忆
使他们不再盲目
在对立中构建出尘埃的网罗

上帝恼羞成怒
将他们逐出伊甸园

彼岸的光
偶然透过宇宙的裂缝投进来
蛇是上帝的影子
撒旦是耶和华的影子

"你将被弃掷于
永远与你疏离隔绝的沙子

因为你本是沙子
一切镜像
终将碎成沙子。"

该隐遇见路西法

既不屈从于上帝
也不屈从于魔鬼

该隐立于天地间
"我的灵魂与天上的星光
一样灿烂，浩瀚，且
更澎湃汹涌。"

"为什么，我们竟要为

诞生前的原罪而牺牲？”

“我可怜你爱着构成镜像的沙子。”

“我可怜你一无所爱。”

“我是这带罪的尘埃，构建起
没有上帝的宇宙。”

“你要杀死上帝以拯救自己
你要背上自己的十字架。”

“宇宙只是一个蛋壳。
鸟要飞，就要摧毁这个蛋壳。
你要想诞生于世上
就得先摧毁这个世界。”

赋格曲

（节选）

幸福是个哑巴

一

上帝走了
却留下他的判决

我走了
却留下我的沉默

二

我喜欢与上帝对视
我喜欢凝视着他的眼睛

这样我就可以从他的目光里
看到自己英雄的反光

三

我们在衰老
上帝也在

但令我们欣慰的是
上帝比我们老得更快

照这个速度
我们能在上帝死后
活下来

四

宇宙，却并不由答案建构起
而是由无尽的问题

人类终将听到的宇宙的回答
都只是打到宇宙边缘后返回的
人类天问的回声

天问，不是为了知道答案
而是为了知道宇宙的边界

五

一曲弹毕
掌声雷动
全程他没有
打开琴盖

六

所有人都在等待着

无休止地等待着

但不知道在等待着什么

七

上帝早已死去

只是他遥远的光芒仍照耀着我们

超人早已闪烁

只是他遥远的光尚未到来

八

哲学是蜘蛛

织起语言的网

哲学家困在网上

成为猎物

九

人类永远不知道
真理是不是
一种欺诈

一〇

一切都是隐喻
没有时间
一切在太一涌现
无先后地迸发
投射在不同的坐标系上

——

只有当人类拥有了
无穷无尽的钥匙以后
才会知道
天堂是没有门的

一二

上帝用自己当模子创造了我们后
把模子打碎了

一三

人类一思考
上帝就发笑

上帝一思考
我就发笑

一四

死亡，与生命同一
却是生命最大的惊喜

生命只是一个播种的季节
收获却不在这里

唐
（节选）

前不见

一首叫《登幽州台歌》的诗
在萧瑟的风雨里流浪
从云雨梦泽
飘到苍凉大漠
从乱旗昏天的战国
飘到萧瑟西风又起的唐朝
它在四处寻找
一个配写它的人

直到一个叫陈子昂的疯子
独自来到幽州台
俯仰天地
想天地无际，如此苍莽寥廓
而自己却如一粒随风消逝的沙
不禁悲叹
怆然泪下

如果是这样
那么究竟是先有了陈子昂
再有了《登幽州台歌》
还是先有了《登幽州台歌》
再有了陈子昂

后来，有一个叫崖渊的疯子

独自来到幽州台

俯仰天地

觉得天地实在太小

在醒来时不能伸一个懒腰

不禁悲叹

怆然泪下

如果是这样

那么究竟是先有了崖渊

再有了《前不见》

还是先有了《前不见》

再有了崖渊

犹是春闺梦里人

黑夜撕裂而成的乌鸦啼起

孵化出银色冰冷的月亮

飞过动荡的卷地黄尘

沙满天

沙漠上的战车

是狂风恶浪里的浮萍

寒刀上的血
是萧瑟秋风里瑟瑟发抖的火苗
落日下游荡的亡魂
用断裂的脊柱叫醒夕阳的加冕
还有，还有
还有那战场上的那堆白骨和骷髅
如沙漠上的白色胡杨拼命扎根
他的根须拼命生长
一日千里
穿过黄河
扎进那思念他的女子的春闺梦里

咏叹调

寥落古行宫，宫花寂寞红
把那个听闲话的小宫女抓过来

你要说什么

等等，先用布袋把她的头蒙上再说

等等，先把她打懵了再说

196

你到底要说什么

花儿为什么这样红

受降城外月如霜

不知道哪里的冷笛吹起

吹白了沙，吹白了雪

吹白了月，吹白了霜

吹白了战旗，吹白了战士

可惜你吹不白我

因为我没有故乡

可笑那么多没有乡愁的人

会莫名其妙地请一位流浪的女子

做他们的故乡

然后在夜里抱着月亮

融化在雪白里

但是月亮真可怜

她看不见自己的光

安禅制毒龙

薄暮堆满香积寺

一声声钟声的威逼

惹得泉声呜咽

我收起历史的折扇

收起一首孤独的歌

一直以为王维那句诗是说

晃动的松影里，高僧残忍地杀生

杀死了因饥饿而吼叫的毒龙

从此成为了毒龙

寻隐者不遇

苍松把自己藏在雨雾里

而浪涛藏身于对彼此的模仿

而老僧，老僧藏在了哪

童子说老僧就隐身于此山中

在白云最深的地方

童子，你可能还不知道

老僧早已把自己坐成一座空山

斯人不可闻

又是牛渚西江夜
云见了李白和我都望风而逃

李白是摘不下那弯滴水的秋月了
不禁徒然地想起谢将军

谢将军可真是白活了
真可惜他没能听到我不世的高咏

怎么还有纷纷的枫叶萧瑟作响
滚吧，老子是在独唱

仍怜故乡水

楚国万里的大江追着我的孤舟
惊涛骇浪的沉浮里
还有何人要为我楚舞
听我楚狂声

莽苍的青山离我远去
滚滚的江水离我远去

只有故乡水跟着我
讨债般地喊
别让李白跑了
别让李白跑了

一个能驾驭一江水的人
不知道一生背负着多少情债

将进酒

登上雪山时，美酒早已成冰
我站在群山之巅，大吼
君不见黄河之水天上来
奔流到海不复回

满头白发，一身白袍的乱山
尽在西风里高吼
不复回
不复回
不复回

把酒问月

你在人间看月亮
看人间的人在月亮上看你
月光洗净了你的杯子
你喝下了月亮的痛

你可能不知道
你和古人看的月亮不是
同一个月亮
月亮所看到的昨天的你
和今天的你
也不是
同一个你

你从月亮上来
这叫作长别离

你从月亮上来
这叫作死别离

你从月亮上来
这叫作生别离

斯人独憔悴

出门搔白首，若负平生志。
冠盖满京华，斯人独憔悴。
孰云网恢恢，将老身反累。
千秋万岁名，寂寞身后事。

我看了看署名——杜甫
哦，吓了我一跳
原来这首诗不是我写的

君今在罗网

青枫深处，一个流浪汉
提着酒

高一声
低一声
学蛟龙狂啸

流浪汉忽然大叫
君今在罗网，何以有羽翼！

我连忙裹紧了自己的衣服
像刚被一个一千三百年前的流浪汉
看穿了自己的一生

月是故乡明

我的故乡在月亮
我的故乡一片苍白

地球不是我的家
我的家乡没有霓虹灯

假如你先生去过红色的月亮
请问你是否见过我的爱人
我离开她那年她才十八
她没有眼睛，没有嘴巴
她只有一头乌黑的长发

每当那个精神病患读到
杜甫的"月是故乡明"
他就挠挠头
仰望天上霜雪堆满的月亮
想到她要忍受的寒冷

便顿生出一种
难以言说的乡愁

老翁

千山云水，不见飞鸟的痕迹
万径凄霜冷，不见人踪

天与云与山与水上下一白
一个墨点倔强地把自己溅到洁白里

孤独的小船藏着一顶斗笠
斗笠下，蓑衣裹住一架枯骨
枯骨裹住他钟磬声般的心

八年了
就坐在这江边
老翁没有钓上一条鱼
也没有钓上这一江雪

冥冥中，他感觉水下有什么东西
用无可忍受的空寂
在钓他

而只有在这一江雪化尽后
早已上钩的他才会看到
水底下那个持钓竿的真实的自己

送青山

苍苍竹林寺下
青山回过头看着我
灵澈，如果多一张船票
你会不会跟我走

斜阳如水，载愁不去载人去
杳杳钟声就浮在那光阴的涟漪上远了

在这喧嚣的浮世再也容不下你后
青山，你也要独自归远了

青山，你可不可以不走
可不可以留下来
可不可以假装你会舍不得我

只疑

云雨纵横
匡庐山

至上的高峰
无限逼近
却永远触不可及

或许六朝高僧在云雾里
煮着白石
或许白石还没煮熟
高僧自己便已化作白石

钱翊在云水构建出的有与无中
走了一遭
才发现山上什么也没有
只有某片白云上留下的半只鞋印

札记

冰冷的花

在她泪水滴落的地方
一朵冰冷的花无声地开了

初恋

夕阳，我不言
你怎么悄悄红了脸
惊起了掠过秋水的雁

爱情

一斟投毒的诱惑的鸡尾酒
不可饮
偏要
一醉

风月

老了以后
踉踉摇晃的月拄着风的拐杖
在夜里
浪

喜欢

一只迷途的笨鸟四处乱撞

突然撞到一棵寂寞的树

洒下满天飞舞的醉人的红雨

追忆

在风中摆臂奔跑的稻草人

跑啊跑一步没动

闭上眼

闻到稻草的幽香

幸福

夜里，一盏灯

亮着，一点点

到

黑

命运

在深巷里徘徊的老女人

醉里敲起一扇陌生的门

故乡

春渐至，潮起
故乡如船
被涨起的潮水推高

快乐

井

泪

我是一珠悲伤的泪
总找不到安置的脸
不忍心停在你的欢颜
于是我飘泊久久
在冷风之巅

佛说

佛说：不可说

悟

灯明，灯熄，见心
天地独我横行

冷

赤身而来的孩子
学别人脱衣服那样
他脱下一层皮肉
世人深藏
他的心总觉得
有点冷

煎熬

夜，红黄灯烁
车水马龙如鲫鱼在煎熬
煎熬在
他们煮沸的热汤

灰烬

香火飘出香积寺

困惑住我

我困惑

香积，成灰烬

还是

成佛？

射箭

人们一天早晚像射箭一样嗖的飞出去

狂奔在凌晨与公路之间

超车，超车，超车，超车

匆忙的羽箭，你要射中什么

佛

往佛山求佛，跋山涉水

到了佛山，却不见佛

站在一朵荷花上

忽然微笑

总是在如此静穆的喜悦里

才知道我就是佛

坦荡

风蝉叫，高低起伏，远近浮沉
一叶，一树，一山

往事

清晨白露为霜，微寒
看看枯枝败叶上，悬着
一滴没有哭声的泪

中年

破晓时
一声催走昨昔满天云的
枪声
颠覆了江河

禅

野雁似芒鞋横飞
戳破苍云

历史

老龟驮着古今兴亡迈出门坎

沉重地抬起头望望夕阳

在测不出经纬的古寺

傍晚

我看到一只蜘蛛在看日落

思念

想起你的时候

那片青青的河畔草

总像是刚下过雨的

禅意

飞鸟虫鱼

那群也老发呆的家伙

好像也懂禅

雪花

雪花只有在漂泊时才是花

蝉

窗外的蝉鸣唱聒躁

不知道它们的鸣叫

是种欲望

还是种

禅

珍藏

永恒藏身于刹那

他怕自己留不住

就让刹那来把他珍藏

梦

西湖渐渐消瘦了

苗条的月像梦一样

很长

很长

215

蜡泪

夜胖了
蜡烛却瘦了
为了安身立命
她蜕去一层层外衣
低头看去
那是她一地的碎梦

命

你知道我的生辰
你也算到我的死期
可你不知道我的命

烛光

只有在黑夜的笼罩下
宗教之烛才不被光明淹没
于是，他们为烛光制造黑暗

飞腾

如旋转木马般的距离

飞腾着的我们，在野风里追逐着什么

却永远不可及

流年

斑驳陆离的墙上剥落的古老流年

争先恐后地飞入秋风中萧瑟

青枫

青枫滴血

滴不尽的兴亡

瘦月

残破的瘦月枯槁

嘴唇咬着刀的妓女

把它碾碎

像碾碎了故乡

与归途

烈火

我将在动荡的秋风里遇见你

烧吧，熊熊烈火

把稻草人烧成追忆

把不相信烧成铁证

把我满怀的泥土烧成绚烂的

秋瓷

遁逃

人们决定杀死风声

风声飞入迷宫

带着俗世走入迷途

狩猎

在莽林的夜色里埋伏

活捉西风

把箭射进死寂

历史

蛀虫在史书上蛀下它们的历史

底牌

我们在夜色的遮掩下亮出孤独

树根

缠错了的树根等待着收场

酒瓶

所有被试图用以砸烂墙壁的酒瓶
无不尖叫着虚妄虚妄

亡灵

一路上许多亡灵
死去只为逃避世界的洞穿

水

水在水里见到陌生的交融的孤寂

手电筒

从手电筒里伸出一只老妓女枯槁的手
为卖掉自己讨价还价

斜阳

在一个没有斜阳的山上
挤满了一群不回头的人

缝合

把千万种咒语沉入海底
缝合波澜

战栗

彗星滑落撕开天空
刺青战栗
影子在死亡里望了半个世纪

孤独

夜晚的天空上
面团一般发酵的孤独

夜晚

月亮把破碎扔进
这贝壳一样充满潮汐声的夜晚

破碎

在破碎的灯光下
我们语言破碎
了无交织

月光

我为你偷渡了一箱又一箱的月光

告别

窄窄的古巷曲折

思念是门
全关得死死
乌鸦叫红了落日

回声

我问青山
你是谁

许愿

上帝保佑，你的爱
会被宇宙的皱纹永远收藏

岁月

废墟里的尘埃在废墟里跳舞游戏
岁月，用他们的脚赶路

爱人

看不见的爱人正睡在阳光里

黑夜

黑夜不愿被人窥见秘密

影子

所有找不到肉身的影子
凝结成黑夜

对望

那一次对望后，月亮
有了软肋

水乳

芦苇与雨滴在踏乱的雨脚声里
接吻，水乳交融
它说反正生命也没意义

朝圣

划过天空的飞鸟

带我去朝圣吧
向那些度化了佛祖的苍生

影子
背不起影子的生命没有力量

追逐
有一群人在冥河上争渡
追逐月亮的速度

寂静
冰凉的月光落入我碗里
我一小勺一小勺地吃掉

梦见
在月光的波澜上
载满松鼠的忧伤的老船
梦见了山上挺拔的指南针

赶路

光用我们的脚赶路

浪子

九百九十九个寂寞的夜里
浪子用他迷途的心
藏住了九百九十九个迷途的月亮

稻草

稻草人举起镰刀
收割晚风

日子

一个个日子在钟声里撞得头破血流

仰望

走，我们去寻找在星星被隐喻前
夜夜仰望星空的那些人

225

猴子

"多么幸福的猴子！"
"多么蠢！"

我愿

向后仰
倒在毛茸茸的阳光里

单恋

无论世间多少浪子的风霜
也揽不住月亮的浩大

九月

不知道
是九月过去了
留下了惆怅的我
还是我匆匆离去
留下了惆怅的九月

野兽集

显然，爱一头野兽，要比爱一个人容易得多。

象

象总是靠着大树狠狠地摩擦自己，在自己身上拓下树皮的脉络，显得像树一般扎根于泥土。老象对小象指了指树下的那片土，又指了指旁边那棵树下的那片土，告诉它那是埋它祖父和祖母的地方。它又给它指了指两棵树中间的土坑，把鼻子和小象的鼻子勾搭在一起，安抚它，教它别哭泣，跟它说，一切早就安排好啦。

象的一生就是恒河的喧嚣。象的一生就是迈着恒河的脚步走向黄昏，走向天地众生的棺材。象走去了，看了我一眼，头也不回，从容不迫地英雄末路，好像早就知道了万物的结局。它驮着一口巨大的钟，望向天，最后一次撩起它长长的鼻子，露出白牙。它倒下了，像一块巨石，叩响大地的门，埋下一个石头安身立命的真相。

河马

河马的门牙总是坚硬而锋利，里面的磨牙却总是低调做人，从不敢高出别人一截。它们总是这样低，低得要沉进轮回的沼泽。沉重没什么可怕，水正好将它们托起来，使它们行动自如，像上苍安置在草水间的棋子。

犀牛

犀牛用它的一生渡水。见到伊人，便走出水来，终于跪倒在地，变成生了锈的野兽。它说"我爱你"，那三个字像氧化了的出土文物，失去了原本华丽的色彩。

骆驼

时间堆积，沙粒堆成沙丘，沙丘浮沉成大海。骆驼们高傲地散步，踏过翻滚的沙丘的浪，孤舟似的，穿过这无尽的时间之海。现今几乎所有的骆驼都是家畜，而野生的骆驼已所剩不多，它们驮着苍天，一步步高傲地走进夕阳。它们像修士般走进沙漠，保持自己的身和心灵一样贫穷。它们挺着肩膀，缓缓地穿过撒哈拉，为孤独的人保留下最后的绅士的风度与优雅。

马

如果你拉直一匹马的脊椎，缩短它的四肢，它的骨骼将与一个人的骨骼别无二致。当它伸直脖子，它的脖子那么长。为了摆脱缰绳，它的头正要脱离身躯。它们跑着，跑着，跑下去，不知道是在追逐还是在逃亡。

鹿

当一只鹿被飞箭射穿头颅，应声倒地，它是紧抿着嘴死去的。死时，它的眼睛像一颗清晨的露水。

水牛

水牛一遍遍不休地反刍着，试探着东方道家的思想。

一头寄人篱下的水牛站立在粉红的斜阳里，低头不语，忘记了它的角正对向它前边的人。玫瑰色打透了它，它像一具认命的肉体。它有时死死地趴在地上，不敢起身，像绝望地压住一枚地雷。

绵羊

年轻的羔羊嬉笑着，它们像一片云，暴露在强烈的阳光里。一只羊用轻蔑又怜悯的眼神看着我，表示它们不需要耶稣。

山羊

山羊总是老去的样子。它是有泪槽的，它路过尼采。他掰弯了它的角，从此不还手。它时时流着泪，怜悯那些可怜而又无知的羔羊，忘掉了自己最终被吃掉的命运。

羚羊

羚羊的角盘旋而上，欣然够触着雷电的爱意。

它坚守着存在主义的立场，向着苍天叫起来："我是一个靶子！"

这时候，众生都沉默了，他们在望着上苍罚点球。

狗

坐下的猎狗低下头，空洞地望着什么。它的身体很沉重，像背着十字架。

猎狗趴在地上，露出悲伤的神色。它像一座柔顺的远山，在夜夜潮汐的喧嚣中冲刷得更为温柔。

当它望向你，它的目光和蔼，像虔诚的修士爱着基督。

它们一直在传道，它们的信徒最多，它们驯化了人。

狼

狼总是形单影只地走在月光下，但狼从来不是孤独的，因为它能和谐地与自己相处。每一匹狼都是文学家。夜半，月黑风高，一定有一匹狼站在天涯，向着天边血红的月亮一声声地吼着，一声一声，完成它的"天问"。智者却说，宇宙中只有问题，没有答案，请不要自作多情。爱智慧的傻子

231

们不敢接受，他们跑到那些狼跟前，想要告诉那些吼过"天问"的狼们答案。

它们的牙是极为锋利的，可以一咬就咬到猎物的骨髓，但它们往往不这么做。在吃掉猎物前，它们总会用锋利的眼神将猎物肢解，并用冰冷的眼神消化一下它们。

使者说，我不是带来和平，而是带来刀剑。于是他把羊群赶进了狼窝。千百年，人的心是最大的战场。

狐狸

狐狸总是被冤枉的，虽然它们或许看起来很狡猾，但并非谁都配得上它的陷阱。

狐狸说："你驯服我吧。"说完，它就跑上了薄晖下远远的山丘。

猫

俘虏它，要欲擒故纵。它像一个贵妇，对所有向它献殷勤的人不屑一顾。

猎豹

猎豹从不奔跑，是世界一直在逃。世界逃累了，就把猎豹抛在时间裸露的荒野上。

猎豹睡着了，它躺在地上，肚皮朝上，显露出这个世界毫无掩饰的最本真的真相。

狮子

狮子垂着它杂乱的长发，像一位亡国的君王见到旧时宫女。它叹息着，发出薄暮般的光。它用杂乱的头发遮住脸，让人叫不出它的名字。

豪猪

豪猪们受过伤，为了保护自己，它们背起一身的利箭。当你想要接近它，就会疼痛地感受到来自它身上的刀锋。它有时也会冷，它便和别的豪猪拥在一起，感受它的体温，但它的利箭刺进它，让它感受到锥心的疼痛。它还是离开了它，但又渴望感受到它的体温。

黑熊

黑熊很奇怪，它总是毛茸茸的一团，像个长不大的孩子，它总是找着姐姐，最终总要对一头挚爱的黑熊卸掉它长大了的伪装。

松鼠

松鼠们饮露水，吃松果，在树洞里向外望，在宇宙的摇篮里摇摆。

它们会以树皮为船，尾巴为桨，渡过泪水涌成的起伏不定的波涛。

河狸

河狸是天生的工程师，它们会挖掘水道，建立水坝，用木棍和泥巴搭起木屋，几个大家族的河狸会用几代来建一个大水坝，抵抗流年不休的冲刷。

穿山甲

当你想要抱住它时，它会蜷缩成球，它的身体会不由自主地让鳞片进行切割运动，把你割得遍体鳞伤。因为面对着这无人疼惜的尘世，它早已习惯了藏起爪子，在树洞里蜷缩成球，藏起所有的尖锐与伤口。

袋鼠

袋鼠们总是在斜阳下跳起，想要摆脱大地的捆绑，太阳会在这时候落下来，伏在它们耳边，跟它们说："捆绑你们的是你们自己。"

生命往往不是薄雾，不是汹涌的激流，而是浸透了不再流动的岁月的海绵。袋鼠们跳起来，狠狠地落在这些绿绿的海绵上，再跳起，落下，溅起来千百万年前的水花。为了看清这个世界，它们跳起来，跳得很高，与这个尘世保持着距离。

鼹鼠

不得不说，鼹鼠是最大的赢家。当一声枪响，一只鼹鼠应声倒地，被一枚子弹洞穿。多幸福啊，它一生只被开了一个洞，不像这个世界，被它穿得千疮百孔。

海豹

它们游出水，趴在岸边，有的微微抬起它们的头，楚楚可怜地望着你；有的却只是全身无力地贴在地上，哀伤地茫然地看着前面，像在绝望地等死，像要说："末日审判，等着瞧吧。"

蝙蝠

蝙蝠是不用光飞行的。它们总是唱和着，每一只蝙蝠都有自己的知音。

后来，上帝说："让光消失吧。"于是光就消失了。

我们也要学会在黑暗里飞行，无需太阳，像蝙蝠那样提早恶化，因为未来是黑暗的。

青蛙

青蛙总是跳来跳去，从一口井到另一口。

没错，如果你走近看，青蛙确实就是一颗心脏。

在宇宙喧嚣的寂静里，它挺直身躯，跳跃入水。那"扑通"的一声，就是涅槃的全部。

龟

乌龟用它坚硬的龟壳藏起它的脊梁，用龟壳驮起年轮。

上帝总是会把你轰回去，让你孤独，让你面对你自己。你就得像乌龟那样，把头缩进壳里，在黑暗里摸索自己的内部结构。

蛇

基督指远方给我看，那有一条白蛇在与一条黑蛇缠绕着搏斗。那条黑蛇凶猛而残暴，将那白蛇逼得节节败退，甚至走投无路，逐渐变得奄奄一息。

但忽然，我看到黑蛇的前半身都变白了！

它说："我们终将唤醒你们的良知，把你们赢过来。"

蝎子

蝎子不想再做蝎子，就用蛰针蛰死自己。为了不再做蝎子，它必须先成为蝎子。

食人鱼

我望向食人鱼，食人鱼向我投来爱的目光，我想起了那些笑里藏刀的食人人。

鸟

德米安说，鸟要走出蛋壳。蛋就是世界。人要诞生于世上，就得摧毁这个世界。

火烈鸟

如果你剔掉一只火烈鸟脖子上的肉，你会发现它千回百转的脖子是一节节骨头连结起来的，像一根没有气节的竹子。

天鹅

天鹅穿着芭蕾舞鞋，踩在平滑的水面上，孤独地跳起舞。天鹅的脖子很长，让人想起那些优雅的淑女，想起她们最终会流亡天涯，会跟着坏人，永不变心。

一个浪子闯进来，像闯进舞池，他焦急地寻找着水晶鞋，在那片舞女堆砌出的薄雾里找不到天堂的门。

雁

大雁从不独活，一群大雁里很少会出现单数。一只死去，另一只也会自杀或者郁郁而亡。后来人说，最好的爱情是惊鸿一瞥，从此不知下落。

巨嘴鸟

它们的嘴很大，却一样会被吃掉。

鸵鸟

活着的，并不是只有美丽的人。鸵鸟抬起它的头，叫道："丑陋的人一样得活着。"

我望过去，那是芸芸众生——鸵鸟，鸵鸟，还有它光秃秃的脑袋。

图书在版编目 (CIP) 数据

幸福是个哑巴 / 崖渊著 . 一北京：东方出版社，2018. 12

ISBN 978-7-5207-0700-8

Ⅰ.①幸⋯　Ⅱ.①崖⋯　Ⅲ.①诗集－中国－当代　Ⅳ.① I227

中国版本图书馆 CIP 数据核字 (2018) 第 281647 号

幸福是个哑巴

（XINGFU SHI GE YABA）

作　　者：崖　渊
责任编辑：韩封三祝
出　　版：东方出版社
发　　行：人民东方出版传媒有限公司
地　　址：北京市东城区东四十条 113 号
邮　　编：100007
印　　刷：三河市金泰源印务有限公司
版　　次：2018 年 12 月第 1 版
印　　次：2018 年 12 月北京第 1 次印刷
开　　本：880 毫米 ×1230 毫米　1/32
印　　张：7. 75
字　　数：62 千字
书　　号：ISBN 978-7-5207-0700-8
定　　价：28. 00 元
发行电话：(010)85924663　85924644　85924641